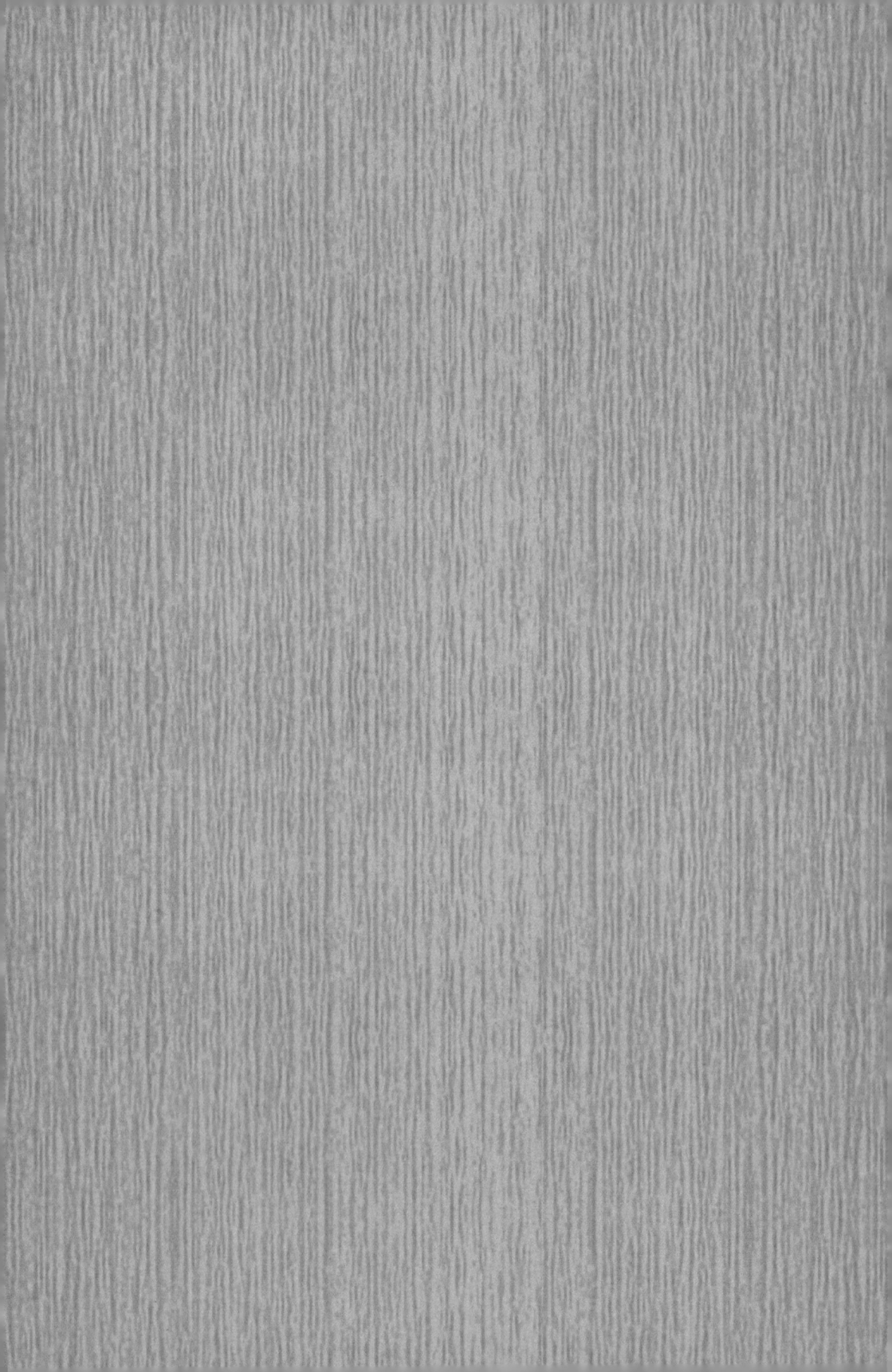

最美文
Zui Meiwen

那年 那人 那些事

一路开花 陈晓辉 / 主编

煤炭工业出版社
·北京·

图书在版编目（CIP）数据

那年　那人　那些事／一路开花，陈晓辉主编．－－北京：煤炭工业出版社，2016（2023.1重印）

（最美文）

ISBN 978－7－5020－5447－2

Ⅰ.①那… Ⅱ.①一… ②陈… Ⅲ.①散文集—中国—当代 Ⅳ.①I267

中国版本图书馆 CIP 数据核字(2016)第 181169 号

那年　那人　那些事

主　　编	一路开花　陈晓辉
责任编辑	马明仁
编　　辑	郭浩亮
封面设计	宋双成
出版发行	煤炭工业出版社（北京市朝阳区芍药居35号　100029）
电　　话	010－84657898（总编室）
	010－64018321（发行部）　010－84657880（读者服务部）
电子信箱	cciph612@126.com
网　　址	www.cciph.com.cn
印　　刷	北京飞达印刷有限责任公司
经　　销	全国新华书店
开　　本	710mm×1000mm $^1/_{16}$　印张 14　字数 200 千字
版　　次	2016 年 9 月第 1 版　2023 年 1 月第 5 次印刷
社内编号	8310　　　　　定价 46.00 元

版权所有　　违者必究

本书如有缺页、倒页、脱页等质量问题，本社负责调换，电话:010－84657880

CONTENTS

目录

那年那人那些事

第一辑　每个男孩对面都有一个女孩

故乡人（文/三毛）……002
面具（文/侯拥华）……005
每个男孩对面都有一个女孩（文/后天男孩）……009
爱用拟人修辞的英子（文/木子）……012
写给我曾暗恋过的你（文/念初）……018
长达一分钟的初恋（文/朱国勇）……022
你是从哪儿开始衰老的（文/孙道荣）……024
一定要送鞋给最爱的人（文/雪妡）……027
贫穷，谁的错（文/庐江布衣）……035

第二辑　为你流泪的女子

青春独唱，杜鹃花如海（文/阿识学长）……038
麻辣教师（文/阿识学长）……044
为你流泪的女子（文/卓然客）……048
耸立于自家冰箱上的哈佛（文/段奇清）……051
退步原来是向前（文/李红都）……054
我差点忘记你也年轻过（文/麦父）……057
问情（文/林振宇）……060
站出来，体验更大的世界（文/奇清）……066

第三辑　别错过那个最好的自己

"理想"的副产品（文/涂丽）…… 070
青春过道里的"狭路相逢"（文/龙岩阿泰）…… 072
我们都曾有过一把"绿椅子"（文/李良旭）…… 078
"90后"主人的爱情（文/周月霞）…… 083
别错过那个最好的自己（文/林轩）…… 086
迈过高四，我们都已长大（文/安一朗）…… 091
初恋那件小事（文/积雪草）…… 096
我送青春一个你（文/胡识）…… 099

第四辑　那段茉莉香味的青春

吃遍天下泡面（文/苗向东）…… 106
那段茉莉香味的青春（文/侯雪涛）…… 109
夜幕笼罩下的青春（文/木易）…… 113
那时雪下（文/张觅）…… 117
每个人身边都有一个蓝胖子（文/琼雨海）…… 120
世界在谁的掌心里（文/安宁）…… 125
青春的烛光（文/胡识）…… 129

第五辑　独行青春里的美妙歌声

怀念青春，怀念同桌的你（文/后天男孩）…… 136

让他人心灵之石光滑（文/梅若雪）…… 142

有爱不简陋（文/清翔）…… 145

把足球踢到太空去（文/大可）…… 148

旅行成为学习的原动力（文/嵇振颉）…… 152

梦中意境（文/云轩一士）…… 155

独行青春里的美妙歌声（文/安一朗）…… 158

我们为班花狂（文/冠豸）…… 163

与一只"蝶"不期而遇（文/龙岩阿泰）…… 169

第六辑　在心里种下一首歌

似水流年中唯一的名字（文/冠豸）…… 176

歌声里的似水流年（文/邢占双）…… 185

那些年，我们一起暗恋过"女特务"（文/李良旭）…… 189

风吹麦浪香又甜（文/木子）…… 193

时光柔软（文/范泽木）…… 201

在心里种下一首歌（文/顾晓蕊）…… 203

千纸鹤的海（文/落辕）…… 206

那年 那人 那些事（文/黄志明）…… 209

第一辑

每个男孩对面都有一个女孩

　　既然找不到一个放弃的理由，那就把思念写进每一缕晨光里，抛向你所在的方向。不求你会明白，只是想有一天你能路过，看到我已在这里刻满你的名字。如果你能停下来，看看我，我还会执意送你一双鞋。因为我们都明白，你真的愿意留下来，就算是风火轮，也无法带你离开。

Zui Meiwen

故乡人

文 / 三毛

我们是替朋友的太太去上坟的。朋友坐轮椅,到了墓园的大门口,汽车便不能开进去,我得先将朋友的轮椅从车厢内拖出来,打开,再用力将他移上椅子,然后慢慢地推着他。他的膝上放着一大束血红的玫瑰花,一边讲着闲话,一边往露斯的墓穴走去。那时荷西在奈及利亚工作,我一个人住在岛上。

我的朋友尼哥拉斯死了妻子,每隔两星期便要我开车带了他去放花。

我也很喜欢去墓园,好似郊游一般。

那是一个很大的墓园,名字叫作圣拉撒路。

圣拉撒路是圣经上耶稣使他死而复活的那个信徒,墓园用这样的名字也是很合适的。

露斯生前是基督徒,那个公墓里特别围出了一个小院落,是给不同宗教信仰的外国死者安眠的。其他广大的地方,便全是西班牙人的了,因为在西班牙不信天主教的人很少。

在那个小小的隔离的院落里,有的死者睡公寓似的墓穴一层一层的,有的是睡一块土地。露斯便是住公寓。在露斯安睡的左下方,躺着另外一个先去了的朋友加里,两个人又在做邻居。

每一次将尼哥拉斯推到他太太的面前时,他静坐在椅上,我便踮着脚，将大理石墓穴两边放着的花瓶拿下来，枯残的花梗要拿去很远的垃圾桶里丢掉，再将花瓶注满清水。这才跑回来，坐在别人的墓地边一枝一枝插花。

尼哥拉斯给我买花的钱很多，总是插满了两大瓶仍有剩下来的玫瑰。

于是我去找花瓶，在加里的穴前也给放上几朵。

那时候尼哥拉斯刚刚失去妻子没有几个星期，我不愿打扰他们相对静坐的亲密。放好了花，便留下他一个人，自己悄悄走开了。

有一天，我在一块白色大理石光洁的墓地上，不是墓穴那种，念到了一个金色刻出来的中国名字——曾君雄之墓。

那片石头十分清洁、光滑，而且做得体面，我却突然一下动了怜悯之心，我不知不觉地蹲了下去，心中禁不住一阵默然。

可怜无定河边骨，犹是春闺梦里人——曾先生，你怎么在这里，生前必是远洋渔船跟来的一个同胞吧！你是我的同胞，有我在，就不会成为孤坟。我拿出化妆纸来，细心地替这位不认识的同胞擦了擦并没太多灰尘的碑石，在他的旁边坐了下来。

尼哥拉斯仍是对着他的太太静坐着，头一直昂着看他太太的名字。

我轻轻走过去蹲在尼哥拉斯的轮椅边，对他说："刚刚看见一个中国人的坟，可不可以将露斯的花拿一朵分给他呢？"我去拿了一朵玫瑰，尼哥拉斯说："多拿几朵好！这位中国人也许没有亲人在这儿！"

我客气地仍是只拿了一朵，给它放在曾先生的名字旁。我又陪着曾先生坐了一下，心中默默地对他说："曾先生，我们虽然不认识，可是同样是一个故乡来的人，请安息吧。这朵花是送给你的，异乡寂寞，就算我代表你的亲人吧！""如果来看露斯，必定顺便来看望你，做一个朋友吧！"

以后我又去过几次墓园，在曾先生安睡的地方，轻轻放下一朵花，陪伴他一会儿，才推着尼哥拉斯回去。

达尼埃回来了——尼哥拉斯在瑞士居住的男孩子。而卡蒂也加入了，

她是尼哥拉斯再婚的妻子。

我们四个人去墓地便更热闹了些。

大家一边换花一边讲话,加里的坟当然也不会忘记。一摊一摊的花在那儿分,达尼埃自自然然地将曾先生的那份给了我。

那一阵曾先生一定快乐,因为总是有人纪念他。

后来我做了两度同一个奇怪的梦,梦中曾先生的确是来谢我,可是我看不清他的容貌。

他来谢我,我欢喜了一大场。

以后我离开了自己的房子,搬到另外一个岛上去居住,因为荷西在那边做工程。

曾先生的坟便没有再去探望的机会了。

当我写出这一段小小的故事来时,十分渴望曾君雄在台湾的亲属看到。他们必然因为路途遥远,不能替他扫墓而心有所失。

不久我又要回到曾先生埋骨的岛上居住,听说曾先生是高雄人,如果他的亲属有什么东西,想放在他的坟上给他,我是十分愿意代他们去完成这份愿望的。

对于自己的同胞因为居住的地方那么偏远,接触的机会并不多,回想起来只有这一件小小的事情记录下来,也算是我的一份心意吧!

面具

文 / 侯拥华

画龙画虎难画骨，知人知面不知心。

——蒲松龄

男孩和女孩是在网络上认识的。聊了很久，他们都很熟识了，可是仍然没有见过面，也不曾视频过。不是男孩不想，而是女孩不同意。

一天，男孩在 QQ 里对女孩说，"我们见面吧，害怕见光死？不见你，我真的要活不下去了。我的人生梦想就是和你生活在一起，每天过芬芳的生活。"

女孩在那边就笑了，QQ 里发过来一张嘻嘻的笑脸。

是第三十一次碰壁。男孩有些泄气，可还是不甘心。之前，他曾把自己的生活照发给她看，她只回了一句话："帅呆了！"当然是真的帅呆了，一米八的身高，一张金城武的脸。更何况还是一所名校的在读研究生。关于女孩的情况，他只知道她在另一个城市的大学读书，她还有一个双胞胎的妹妹和他在同一个城市上大学。

女孩不受引诱，始终不曾发过一张照片。男孩却还是能从文字交谈中感受到她那颗蠢蠢欲动的心。是不自信，还是唯恐受骗？男孩想不明白。

"你真的想见我吗？可以先和我的妹妹见见。如果你能接受她的容貌，接下来，我自然就会出现。"有一天，女孩终于松了口。

"她丑吗？"

"还可以。"

"好啊！那就见见。在哪儿见？什么时候？"

"就周末吧！在你城市的森林公园门口，周六，九点，我妹妹那天会穿紫色的裙子。"

男孩欣喜若狂。周六准时赴约，见了，却也开心地笑了。是一个大美女，身材高挑，皮肤白皙，一张金喜善的脸。那天，两人聊了很多，还吃了烛光晚餐。自然，两人还聊到了在另一个城市的女孩。

"我和我姐姐，你更喜欢哪一个？"走的时候，女孩的妹妹问。

"都喜欢。"说完后，男孩就有些后悔了。这样的话如果传到女孩那里，她还会理我吗？当然，发自内心，他更喜欢未曾谋面的姐姐。

妹妹告诉他，她们姐妹两人长得非常相像，只是妹妹的嘴角有颗痣。说这些的时候，妹妹指着自己的嘴角给他看，生怕他认错人似的。果然，在她的嘴角左边，他看到一颗小米粒大小的黑痣。因为那颗黑痣，妹妹美中不足，却也显得别有风韵。

从此之后，男孩更加思念女孩了，他常在睡梦中勾勒她天仙般的容颜。QQ里，他说，"见你妹妹了，就如同见到了你，你还怕什么？"女孩沉默了一会儿，说，"害怕距离离间我们的感情，如果你的身边有一个和我一模一样的女孩，你还会喜欢我吗？"

"即便有一个和你一模一样的女孩，我也会做到春心不乱。"男孩的话很果断，也很坚决。果然，之后的日子里，男孩再也没有和女孩的妹妹见过。中间几次，女孩的妹妹有事约他，他都找种种理由拒绝了。

男孩的表现感动了女孩，半年后，女孩决定来这个城市见他。男孩又是一番激动。

约会的地方仍然选在周末，仍然是在森林公园的门口。女孩说："那天，我穿紫色的裙子。"男孩就笑了。男孩说："那天我戴恐怖的面具。"

女孩也笑了。

那个冬日的早晨，北方的天气很冷，男孩早早来到公园门口，在风中站得腿都要麻了，仍然不见女孩到来。站在风中，他不停地搓自己的双手，以抵御这逼人的寒冷。直到夕阳西下的时候，公园门口才出现了一个穿紫色裙子的女孩。

她远远地向这边张望了很久，天快黑了，才鼓起勇气走到他面前问："你是阿祥吗？"

"是。难道你是云中燕？"

女孩笑了，"是我，我是不是很丑？"

那是一张狰狞的脸，一脸的烧伤疤痕，与妹妹的貌若天仙判若两人。男孩望着她，挤出几分笑容。"还好，总没我恐怖吧？！"

"意外吗？现在你后悔了吗？"女孩那张狰狞的面孔中射过来一道追问的寒光。

"不后悔，我一直深爱的是你那颗纯洁善良的心。"

"真的？"

"真的！"

女孩忽然哈哈大笑起来。然后，转过身，用手在脸上使劲撕扯着。再转回身的时候，是一张白皙粉嫩面若桃花的脸。女孩手里拿着一张软体面具，因为笑得有些夸张，左嘴角边一颗黑痣像一个跳动的音符在不停地抖动。

"没吓着你吧？"女孩对男孩说。

"没有。我，我吓着你了吗？"男孩哆嗦着嘴唇，有些笨拙地问女孩。

"刚开始确实吓着我了。要不我怎么会下午才出现。你脸上的面具也太吓人了吧。快取下来吧，要不我就要走了。"说这些的时候，女孩伸手去揭男孩脸上的面具。她使劲撕扯，可是那张面具却始终揭不下来。

女孩的手突然停了下来——原来那是一张真实的面孔。

女孩一脸惊恐地逃走了。

望着女孩匆匆远去的背影,男孩颤抖着嘴唇失声哭了起来。

一个月前,男孩因为一次火灾救人,永远失去了青春的容颜。

载于《意林》

貌似是一个很深的命题。看似关于爱情,却跟爱情无关,好令人生畏的人心,不是吗?

每个男孩对面都有一个女孩

文/后天男孩

　　世界那么大，让我遇见你。时间那么长，从未再见你。

——张嘉佳

　　高二那年，我是插班生。

　　那是一所远离故乡的民办重点学校，云集了全县的优等生。那时的座位是按考试名次排的，惨不忍睹的成绩注定我只能像丑小鸭一样被挤在后几排没人注意的角落里。躲在角落里的我默默地欣赏着别人的优秀与骄傲的同时，整日被一种深深的失落感所笼罩，常常低着头，靠墙根走进走出，话语本来就不多的我更是沉默，有时可以一星期不讲一句话，只是静静地坐着。窗外那寒秋的雨将一颗孤寂的心凋零得斑驳沧桑，感觉自己就像寒风中守候叶子的小鸟一样无助。

　　然而，有一件事使我发生了变化。小男生的敏感使我觉得总有一双眼睛在注意着我。那是一个坐在我对面角落里高挑的女孩，学习很棒，但却自愿坐在后排，写得一手好文章，平时总是笑眯眯的。

　　自卑的我并没有对这双或有意或无意的眼睛的注视产生反应，直至有一天放学时突然下起了大雨。毫无准备的同学或在教室里大声谈笑，或焦灼不安地等家人送雨具来。我低着头，也许是逃避那份不属于我的热闹的

温情，百无聊赖地随意涂抹着……

校园里逐渐冷清起来。阴雨天暮色来得特别早，不知不觉间教室里暗了下来。我揉了揉酸涩的眼睛，投眼窗外，朦朦胧胧的天地间，模模糊糊似一大片浮云笼罩，高大的梧桐树瑟瑟作响。

当我把视线移到教室内时，心"咚咚咚"地跳起来——对面角落里的女孩还没走！她似乎还在专心致志地写着什么，而偌大的教室只剩下我和她。"她为什么不回家呢？"我自问，"没伞？还是……" 我感觉自己的脸在发烧。

女孩站起身，灯被拉亮了，我看到她手中拿着一把伞。呀，怎么女孩向这边走来？我赶忙低头装作看书，心跳却更厉害了……

她要干什么呢？

她已经跨过了一条凳子……

那双时常注意我的眼睛……

她会不会……我该怎么办？

女孩站到了我的桌旁，轻轻地唤我的名字，我却像听到了一颗原子弹在身边爆炸，拼命地捂住已跳到喉咙、跳到嘴边的心，惊愕地抬起头。灯光下她的脸很柔和，那双含笑的眼睛澄清明亮："你没伞吧？现在雨不大，我家就在附近，这把伞留给你用。" 说着她轻轻地把伞放在桌子上，然后转身跑出了教室。

我目送她的身影，又呆坐了好长时间，才明白刚才发生的事情。刚才外面的雨还有些小，现在又"哗哗哗" 地大起来。我打开那把伞，一张薄纸从伞架里如蝶似的翩然滑落，我好奇地拾起，看完后，为自己曾经无知的曲解而好笑，同时被女孩那美好的心灵所打动：

"……知道吗？你对面角落里的女孩一直在默默地注意着你。正值花季的你为什么总那么忧郁？"

"……生命有时就像这场雨，看似美丽，但更多的时候，你得忍受那些寒冷和潮湿、那些无奈与寂寞，并且以晴日的幻想度日。当没有阳光时，你自己便是阳光；当没有快乐时，你自己便是快乐！"

"……沉默一定不是你的性格！愿你能走过自己！"

握着那薄薄的信纸，我深深地被一股巨大的暖流淹没了，一颗心顿时清澈了许多，双眸也因这雨季而涨满温柔的泪水。

青春单调的日子因为女孩的加入，开始变得天蓝蓝、水清清。我知道了自己生活在关爱的天空下，那份对生命的真挚与感动使我不再停留于那张捆绑自己的网，心情不再忧郁，成绩也渐渐地好起来……

感谢对面的女孩，在我生命中很茫然很无助的阴天里送来一道温馨的彩虹。多年后，当我好几次在雨天坐上免费的飞机，前往我喜欢的城市，和一大群热爱文艺的人谈论青春时，再取出那纸"生命如雨"，往事齐涌心头，有一种痛楚和温柔渗透在一起的感觉浸满心间，顷刻间，我的视线模糊了，蒙眬的泪眼中，我仿佛又看见了对面的女孩撑起一伞的真诚与关爱含笑向我款款走来……

载于《疯狂阅读》

每个人生命中大概都会碰到这样一个人，她跟爱情无关，只是过来教会你某些东西，比如自信，还有成长。

爱用拟人修辞的英子

文 / 木子

　　童年时代是生命在不断再生过程中的一个阶段，人类就是在这种不断的再生过程中永远生存下去的。

—— 萧伯纳

　　英子是我小时候的同班同学，她家住在半边街胡同东面第二家，离我家有 20 多米的距离。

　　英子长得很漂亮，那时我喜欢用细细长长来描绘她，后来，我知道，那就是亭亭玉立。英子不仅学习好，而且多才多艺，唱歌、跳舞样样都会。当我们这些愣头青只知道在外面疯玩，弄得灰头土脸地从英子家窗前跑过时，时常看到英子正站在自己房间的窗台前，拉着小提琴。

　　那个时候，家里有小提琴的人家可谓凤毛麟角，稀奇得很。英子穿着碎花连衣裙，一头柔软的秀发披散开来，头顶扎着一条花手绢，一绺刘海卷曲在额前。她脖颈夹着一把小提琴，右手作弓状，身子时而前倾，时而后仰，琴音像潺潺流淌的泉水从琴弦里倾泻出来。

　　从窗户上看到英子认真地拉着小提琴，我们这些小男孩杂乱的脚步明显地放慢了下来，扭过头盯着英子看了一下，然后又跑开来。不过，那跑动的脚步，似乎有些沉闷，那琴音似乎总在耳边回响。

英子的妈妈在一家食品公司当会计。听说她的算盘打得可好啦，一些老会计都打不过她。英子妈很贤惠，干事很麻利，她家总是被她料理得十分干净。记得她家桌面还铺着一块有竹子图案的洁白台布。在那个时候，是没有人家在桌子上铺台布的。

我常想，她家桌子上铺了一块台布，吃饭时，散落在桌子上的残羹剩饭不是将台布弄脏了吗？那时，我一直想趴在英子家那张有着台布的桌子上吃一次饭，那一定是一种美到天上的感觉。不过，直到英子家搬走，我也没能趴在她家有着台布的桌子上吃一次饭。

英子家的床单是用五颜六色碎布头拼接起来的，听说那些碎布头是纺织厂用剩下的边角料，丢到垃圾箱里，英子妈将那些碎布头捡回家，一针一线拼接出来。

每当她家晒床单时，阳光照在床单上，闪耀着斑斑驳驳的光芒，有一种清香的气息，很惹人眼。胡同里的婆婆妈妈，总爱用手摸摸那床单，不住地发出啧啧赞叹声。这种曾经没用的碎布头，到了英子妈手里，就变成了迷人的床单，这手真巧啊！

在那生活还不十分富裕的年代里，英子妈硬是凭借着灵巧的双手，将平淡的生活，过得温馨、明媚起来。

在那个一切"以阶级斗争为纲"的年代里，英子妈对英子的教育一点儿没有放松。现在想来，英子妈当时一定是高瞻远瞩，能看到一个美好的未来，不然的话，她不会那么抓英子的教育。抓孩子教育，在那个时候，是一个很陌生的词汇。

在学校里，下课时，有女同学喊道："英子，跟我们去玩跳皮筋。"英子总是秀气地一笑，道："我不会呢。"不过，看到同学们走远了，英子常常伫立在教室的窗前，静静地看着同学们在操场上玩跳皮筋，眼睛里流露

出一丝羡慕。那伫立在窗前的身影，显得有些孤单。

英子身上的衣服总是十分干净。她无论穿什么样的衣服，哪怕穿的是一件旧衣服，也熨得很妥帖，一点也不打皱。每次走进教室，总是引来班上一些女孩子羡慕的眼神。

从英子身边走过，总能闻到一种淡淡的清香，那香味真好闻。我总爱从英子身边走来走去，就是想闻闻那种香味。有时，我也会为自己有这种不健康的思想而自责，但是，我还是控制不住，还是想从她身旁走过。

一次，从她身旁走过时，我的一只胳膊碰到了她趴在桌子上的一只胳膊。瞬间，我慌乱地跑开。不过我一直回味那种碰到她胳膊的感觉，心里感到很甜蜜、很幸福。

英子口袋里有一块花手绢，上面有淡淡的小碎花，很素雅。上体育课时，英子常常从口袋里拿出花手绢，轻轻地用花手绢擦拭着额头上细细的汗珠。那擦汗的身影，我感觉很美、很秀气。

一次上体育课，我在跳远时，一下子把额头跌破了。我蹲在那儿，用手捂着头，龇牙咧嘴的。有男同学赶紧用一枚树叶贴在我的额头上。

英子看见了，她赶紧跑了过来，她看到我的伤情，从口袋里掏出花手绢，将那枚树叶拿掉，默默地将手绢捂在我的伤口处，然后就走开了。

那一刻，我感到英子的手指很轻柔，我又闻到了英子身上的那种淡淡的清香。我想，这一跤跌得可真幸福啊。几个男孩下意识地也用手捂住额头，看着我捂在额头上的花手绢，眼睛里露出很羡慕的目光。

不知怎么回事，自从那次英子用自己的花手绢捂住我的伤口，我好像一下子变了个人似的，穿衣服也变得干净、整洁了。英子的那条花手绢，我洗干净了，上面一直有一块淡淡的血渍。我将这块花手绢一直叠得整整齐齐地放在口袋里，像个宝贝似的珍藏着。

自从那次事件后，班上男女同学口袋里渐渐都有了一条手绢。班上有一个男同学，家里条件很差，他的手绢很简单，只是一块旧蓝布，没事时，总爱将这块蓝布从口袋里拿出来擦擦汗。很认真、很仔细的样子。现在想起来，不知怎么，有一种想流泪的感觉。

英子作文写得很好。她的作文总是写得很细腻，她喜欢用拟人的修辞手法，常常将小花、小草描写成跟人似的在和她说话、谈心，有时那些小花、小草还会在她面前欢快地载歌载舞。老师常常将英子的作文拿来作为范文在班上朗读。听了英子那些描写，有同学在下面悄悄地议论，说她吹牛、骗人，小花、小草哪能讲话、跳舞。老师听到了，严厉地批评道："你们写出的东西总是干巴巴呼口号似的，一点文采也没有！"

温暖的阳光从窗口照进来，照在英子的身上。我看着英子的背影，她那两根长长的辫子耷拉在身后，辫梢上那两朵红色的蝴蝶结像要翩翩起舞，很晃人眼。

忽然，我听到老师喊着我的名字，叫我站起来，问我在想什么？

我的脸一下子红了，不知所措地回答道："我在想两只蝴蝶。"

话音刚落，引起全班同学哄堂大笑。

结果，我被老师罚抄课文十篇。

以后看到小草、小花，我就会常常想到英子在作文中描写的拟人句子。恍惚中，我仿佛也感到那些小草、小花也在和我喃喃细语，脸上情不自禁地露出笑容。

一天，我从英子家门口经过，发现英子家门口停着一辆大卡车，几个大人正从她家往外搬东西，再一看，英子提着她那小提琴出来了。

我鼓足了勇气，问道："英子，你家在干什么呢？"

这是我第一次和英子说话，虽然我和英子在一个班上学，又住在一个

胡同里,可从来没有和英子说过话。那时,男同学和女同学是从来不说话的,好像人为地画了一条界线,如果哪个男同学和女同学说说话,被人看见,会被人骂小流氓的。尽管那时对"小流氓"是什么意思大家都不太清楚。

英子看到是我在和她说话,眼神一下子黯淡了下来,她迟疑了一下,回答道:"我妈调到上海去啦,我也转学啦!"

不知为什么,我眼前仿佛一黑,我心里感到一阵难过,我怯怯地问道:"那我们再也不在一起上学啦?"

英子回答道:"是啊,我到上海上学去了!"

胡同口刮来一阵风,身旁小树上的树叶,好像弱不禁风似的,扑簌簌地从树上刮落下来,我和英子身上沾了一些树叶。我又下了决心地问道:"那我以后还能再见到你吗?"

"能啊,你到上海来就能见到我。"英子灿烂地一笑。

"好啊,以后我到上海一定去看你。"我突然冒出这么一句,然后赶紧跑开了。

我郁郁寡欢地回到家,对母亲说道:"英子家搬走了!"

母亲一愣,问道:"她家搬到哪儿去了?"我失落地回答道:"搬到上海去了!"

母亲轻轻地"哦"了一声,说道:"上海很远啦,我们这辈子恐怕再也见不到英子一家人啦!英子妈是很贤惠的一个女人,她用废布头拼接出来的那床单真漂亮啊!"母亲心里一直羡慕英子家那床单。

听了母亲的话,我心里忽然一阵冰凉,刚才我忘了问英子在上海哪所学校上学了,如果我到上海去怎么找到她啊?

想到这儿,我一转身又跑了出去,我想问问英子在上海哪所学校上学。跑到英子家门口，发现给英子家搬家的卡车已开走了，门口处，只有一些散落的废纸和杂物。

我傻傻地站在那儿，一动不动，无神地望着胡同的尽头。我将手插在口袋里，突然碰到一样东西，我拿出来一看，是英子曾经给我包扎额头的那条印有淡淡小花的手绢。看着这条花手绢，我的眼睛突然有些湿润了。

……

许多年过去了，我一直想告诉英子，在那个年代里，她和她母亲给我们的生活、给我们带来了一缕像茉莉花一样馨香的气息，甚至改变了我们的一种生活方式。我还想告诉她，人生中，无论发生何种变化，我也一直喜欢用拟人修辞。拥有这种心态，就有了一种积极向上的力量和美好！

不知道英子以后是不是还生活在一种拟人修辞中呢？

载于《疯狂阅读》

童年时代的我们，总是很有温度，对逗留在身边的人们有着特殊的好感。因为这些人可以影响我们。以至于对他们，一直念念不忘。

写给我曾暗恋过的你

文 / 念初

你如果想念一个人,就会变成微风,轻轻掠过他的身边。就算他感觉不到,可这就是你全部的努力。人生就是这个样子,每个人都会变成各自想念的风。

——张嘉佳

亢世杰:

见信佳,希望打开这封信的你依然阳光安好,

不知你现在在什么地方,过得怎么样?

你肯定好奇是谁写的这封信,往下看你就知道了。

你在我们隔壁班,在我的脑海里,你瘦瘦高高,走路很有气质,为人正直。

你总和我们班的徐浩在一起回家,一起打篮球,而我恰好和你们同路。

那个时候,我们班的女生总是悄悄议论你,而我低调关注你,在她们讨论你的时候。

我悄悄靠近偷听一些,比如在哪里偶尔看见你,比如喜欢喝奶茶不放珍珠,每次听到的一点一滴都深深记在我心里。

有几次下自习突然发现你经常等着徐浩,然后一起回家,我总是看着

徐浩出教室，然后尾随着你们，你们一样高，只是你比他瘦，比他好看，声音也比他好听，在拥挤的楼梯间我不敢靠近你，哪怕就走在你身后，也小心翼翼地保持距离，跟着你下楼，脚步变得特别轻快，离你近一点都感觉莫名的心跳加快，我们经常晚自习一起回家，只是你不知道后面有个小尾巴而已，我在身后看着你在暖黄灯光下离得我很近很近，那拉得很长的影子就在脚下，喜欢追着你的影子走，偶尔踩踩你的脸、你的发，来满足想靠近你的欲望，感觉这样就像触碰到真实的你，然后一整天的郁闷和烦恼就马上烟消云散，我想这就是喜欢吧，对的！我肯定喜欢你。

　　自从发现我喜欢你的时候，就更加关注你，你喜欢下午五点左右在操场打篮球，喜欢喝冰红茶，喜欢学数学，非常讨厌英语，你不知道每天做完午间操我就不要命似的往三楼教室的走廊跑，就想提前跑上来从散操的人群里寻找你、定格你，然后目光尾随你的身影，你的一举一动都不想放过，而且我明明是近视，偏偏站在三楼也能看清你的表情，你说奇不奇怪？所以，久而久之，我目光追随的异样被好朋友发现了端倪，然后她加入了我。陪我上厕所因为刚好你去了；陪我去食堂拉着我在那么多人里穿梭希望我能离你近一点，总之就是让我在你面前多晃悠，希望混个脸熟引起你的注意，然后在午间操结束的时候我们会快速跑上楼，比赛谁先搜寻到你的身影，每次都是我先发现，因为在我的眼里你似乎会发光。就这样初中学习里多了一项了解你的乐趣，你不知道我有多么喜欢你，就像你不知道为什么下课后你班上的前门总比别的班拥挤，以前我们每个班都有前门和后门，大多数学生喜欢站在前门聊天，烤太阳，活动筋骨，而我和几个小女生总是喜欢站在后门打闹、聊天，当然还包括偷看你。在阳光下的你，被同龄人衬托得那么清秀帅气，阳光干净，我对你就像猫咪在太阳下的喜欢，那种既享受又害怕被人打扰的感觉。

　　青春随时间流逝着，我的习惯、爱好、学习成绩，都有了一些变化，唯一没变的就是喜欢你，那种小心翼翼的喜欢，那种害怕倾诉的喜欢，那

种只要看着你就很开心的喜欢，那种自卑又热切的喜欢，在记忆里我们唯一的一次接触是你在操场打篮球，我和几个朋友站在那么多的观众里边聊天边看你打篮球，这是我每天下午着急放学的原因，因为可以光明正大地看着你。你打篮球不是很好，可是奔跑的样子就特别好看，其实没有多大的心思在篮球上，更多的是看着在操场随风奔跑的你，你那飘扬的头发和跳起来上移的衣角，偶尔看见你精瘦的腰和精致的锁骨。这天就是因为太专注地看着你而没注意到篮球正在不偏不倚地砸向我，从旁边人的惊呼中我发现了它，这一刻它离我非常近，脑袋一片空白但是身体提前做出反应，一歪头把球让开了，等反应过来的时候心神未定，拍着胸脯压惊，嘴里说着："吓死我啦！太险啦！"这时你从操场的另一边向我跑来，是的！你正向我跑来，我拍胸脯的动作加快了，呼吸也急促，心都快跳出来了，你站在我面前用我熟悉了两年的声音问我："你没事吧？"我捂着胸口生怕你听见我心里的秘密，我急急忙忙摇着头，用动作回答你，你接过别人捡起的球对我微笑着点点头，转身回到球场上，背影高高瘦瘦，正直又有气质，身上的味道干净又阳光，我激动得身体僵硬了！我旁边的朋友不停地摇着我说："开心吗？开心吗？"我想我是开心得快死了吧！

初三来临了，因为学习下降和中考的压力，渐渐放下了追寻你的热情，故意不去关注你，不去想你，然后时间一天又一天地过去了，直到我们照毕业照的那天，我在人群里着急地寻找你，可惜你似乎也失去光芒了怎么都没有看见，最后大家就这样分道扬镳了，都走上了不同的路，一走就是七年。在这路上遇见不同的风景，不同的人，相同的场景，相同的环境，可是再也没有遇见相同的你，无数次想起你，想起那时的我，都会扬起嘴角，羞涩地笑，你那高高瘦瘦，正直又有气质的背影和阳光干净的味道让我记忆犹新，想忘都忘不了。

现在的你，还好吗？我曾经的青春，有没有依然美好，依然正直，依然阳光干净呢？收到这封信的你，不奢求你仍记得我，只希望你记得原来的自己，记得在我青春里你那干净美好的样子，希望你不要被时间改变了模样，我依然喜欢你，可是我喜欢的只是那个时候的你，那个在我印象里一直都完美的你而已，读完这封信的你是什么样子？有没有皱着眉头思考我到底是谁？有没有在记忆里搜寻我的样子呢？

请你不要白费心思，费心思考，我写这封信的目的不是迟来的告白，而是希望每个人都给自己留一样美好的东西，可以在未来的时间里，不忘初心，不忘原来那容易满足的自己，亢世杰，愿你安稳幸福！

我的美好记忆愿你平安永存！

念初
2015.1.29

载于《疯狂阅读》

在那个兵荒马乱的年月，每个女孩子心里都有这样的一个男孩子：他那么优秀，清瘦，好听的声音，帅气的面庞。这恐怕就是传说中的白马王子了。至于后来在没在一起，似乎都不是那么重要。

长达一分钟的初恋

文 / 朱国勇

> 海内存知己，天涯若比邻。
>
> ——王勃

17岁，花娇水嫩，一个年轻得让人怦然心动的岁月。

她，白净秀美，常穿着清澈如水的校服，笑的时候很是腼腆，让你觉得有一朵白云从山头悠悠飞过。可是现在，她脸色如纸，躺在冰冷的病房，即将告别这个美好的世界。一朵娇美的花，还没来得及开放，就已经凋零。

弥留之际，她双目直直地盯着病房门口，急促地喘息，喉咙蠕动着，只能发出模糊的呼隆声。那眼睛里，分明透着一份期盼。医生说，她可能有心愿未了，或者是想见什么人，想想，有谁没来看她？

妈妈流着泪水回答："都来了，该来的，都来了。"爸爸说："一定是想她小姑了，小姑最疼她。"爷爷奶奶外公外婆小叔小婶，满满一屋的亲人，心痛而怜惜地看着她那张娇小的脸。

十多分钟后，小姑来了，一把搂住她，还没张嘴，已是泪流满面。没想到她的喘息更加急促，挣扎着，似乎想抬头。原来，小姑挡住了她的视线。

妈妈伏在她的床头，泪如雨下："孩子，你想要什么啊？"

就在大家束手无策之时，她的弟弟来了，手拉着一个怯怯的单薄男生。男生走到病床前，很局促地握住了她的手。阳光透过窗户照进来，温暖地映着他们青春的脸，纯美而羞涩。她的眼中掠过一丝欣慰，终于阖上了双眼，嘴角扬着一丝微笑。

这个男生，是她的同桌。他们并没有早恋，甚至连过密的交往都没有。最亲密的一次，一帮男生女生去少年宫，他骑着单车带她。为了防止摔下来，一路上，她紧紧地抓着底座，他的腰，她看了几下，没敢碰。可是，未经人事，情感一片空白的她，弥留之际，他成了她最深的牵挂。她选择了他，来弥补未及绚烂的爱情缺憾。

"明天你是否会想起，昨天你写的日记……"多年之后，每当老狼的歌声响起，这个历经风雨已经结婚生子的昔日单薄男生，依然有想流泪的冲动。

此世今生，她成了他抹不去放不下的追忆和感动。他说，她是他的初恋。因为在那恍如隔世的青春岁月里，他曾是她最牵扯不下的深深牵挂；因为在那长达一分钟的盈盈一握中，两颗年轻的心，曾那么柔美含羞地轻轻荡漾。

载于《青年文摘》

"那时候天总是很蓝，日子总过太慢，你总是说毕业遥遥无期，转眼就各奔东西。"是啊，同桌几乎承载了我们对于高中的整个记忆，那些金色的年华，再也回不去了！

你是从哪儿开始衰老的

文 / 孙道荣

童心生活的回复，正是新时代的萌芽。

——巴金

常听人感叹："老喽。"难道一个人知道自己从什么时候开始老的吗？

60岁，始被看作是老人。可是，很多六七十岁，甚至岁数更大的人，并不认为自己老了。反而是不少四五十岁，甚至年纪更小的人，偏偏认为自己老了。可见，不是到了某个年龄，就突然老了。有时候，老与年龄无关。

有人会觉得衰老是从头发开始的吧。头发变白了，稀疏了，没有光泽了，人自然也老了。但这似乎也难以成为确凿的证据，有很多人少白头，年纪轻轻就一头白发了，有人却年已花甲，仍满头乌丝。

更多的人会认为，自己的衰老是从容貌开始的，美丽的皮肤，变粗糙了，失去了弹性；眼角，钻出了一道道的鱼尾纹；眼神，混浊了，再也不水灵了；腮红，像害羞的心一样，倏忽就消失了……总之，曾经年轻、漂亮、好看的容颜，没有了，人也就老了。小孩子作文里写爷爷奶奶，都喜欢用皱巴巴这个词来形容，皱巴巴，可不就是老了吗。因此，很多人为了使自己显得年轻，想尽办法保养自己的脸。

有人说，衰老是从视力开始的。远的东西看着模糊了，近的东西更看不清了，老了。

有人说，衰老是从记忆力开始的。眼前的事情，转身就忘，时间越久的事情，反而越清晰，而且，脑袋越来越僵化了，转不动了，老了。

也有人说，衰老是从骨头开始的。腰越来越驮了，腿越来越没有力气了，步伐越来越迟缓了，身上的每一根骨头，都变得越来越脆弱了，老了。

还有人说，衰老是从牙开始的。以前，吃什么东西都香，再硬的骨头都敢啃，现在，吃什么都没胃口了，牙缝越来越大了，吃饭的时间没饭后剔牙的时间长，最可怕的是，一颗老板牙，掉了，另一颗门牙，又松动了。老掉了牙，这是真的老了。

那么，我们真的是从这儿开始老的吗？

先来看看科学家为我们揭开的一些小秘密。研究人员发现，人体的衰老，比我们想象和实际感知到的要早得多。你的皮肤，从25岁左右开始，就逐渐老化了；你的大脑，从20岁开始，就走上了下坡路，神经细胞从巅峰期的1000亿个左右，慢慢减少，记忆力、协调性都开始下降；你的头发，从30岁左右，就开始脱落，而且会越来越稀；25岁前，你的骨密度，会一直在增加，而从大约35岁开始，你的骨质就开始流失了，骨密度开始缩减，也就是说，从35岁开始，你的骨头就一日不如一日了；你的眼睛从40岁开始就变老了，眼部肌肉会变得越来越无力，眼睛的聚焦能力也开始下降，眼前的东西看不清楚了？没错，你的眼睛老花了；同样从40岁开始，你的牙齿开始衰老，牙龈萎缩，牙根松动，牙周很容易发炎，有一两颗牙齿，开始谋划着脱你而去……

真是太糟糕了。在我们以为自己还年轻、有活力、有朝气的时候，我们的皮肤、眼睛、骨头、牙齿，一切的一切，就都开始在我们的体内衰老了、退化了、萎缩了。

这是科学界认可的事实，但是，我们不会在40岁时因为一次牙龈发

炎，而认为自己老了，也不会因为在 30 岁时掉落了几根头发，就认为自己老了，更不会因为 25 岁的皮肤比 24 岁时稍稍少了一点点弹性而惊慌失措，以为老之将至。没错，你的衰老，不是因为你的容貌，也不是因为你的皮肤，甚至也不是因为你的骨骼和心脏。

从你认为自己已经老了的那天开始，从你认为自己已经老了的那个地方开始，你才真的老了，否则，你就不会老，你没老。

载于《青年文摘》

身体终究是会老去的，就像一件时间很久了的器物，这是无法避免的。但是身体老了就代表真的老了吗，我想不是的，你的心永远停留在 18 岁，那即便老得不成样子，你却依然有孩童般的心态。

一定要送鞋给最爱的人

文 / 雪炘

换我心，为你心，始知相忆深。

——顾夏

一

一直听说不能送鞋给恋人，否则那人一定跑。我半信半疑，在男朋友的鞋惨不忍睹时，才买了一双给他。

结果，我们分手了。

我心想，要分也不能在这时候，大过年的，而且真中了鞋的魔咒。我从陕西坚持到四川，从四川紧握到北京，最后还是没能抓住他拼命想跑的心。

那晚，我在北京，借住在男闺蜜家。他叫思达健，我们都叫他死大贱，简称大贱。他一直不接受，朋友们就风情万种地叫他，贱儿。拉着好长的音调，听得他胃酸上涌，直呼，还是大贱好。

从此，他正式成为大贱。

此名一出，他犯贱的品质还真日趋明显。

周末出去玩，公交车上拥挤无比。一个丰满的姑娘够不到上面的扶手，旁边的扶手又挤不进去，只能在人群中晃来晃去。

见姑娘一遍遍说着对不起,大贱硬挤出一点空隙,让姑娘和自己一起抓稳。

车停停走走,人却只增不减,姑娘死抓扶手,最后整个身体贴在了上面。又到一站,姑娘愤愤地踩大贱一脚,丢下一句流氓,转身飞下车。

我们几个女生目瞪口呆。

大贱愣了半天。

闺蜜讥笑道,贱哥,你都不挪一下,口味真重啊。

自那以后,大贱保持警惕,见女生就逃。直到学校组织去郊游,湖边草地,大家玩得乐此不疲。他从后面盯了一个女生半天,终于问,你是不是那个了?

然后转向我,说,你不是带那什么了吗?

女生恼羞成怒,甩他一耳光,立刻走人。

全场大汗。

二

到现在,我都不知道,那天他怎么就知道我带了……

不过像他这样,个子不高,成绩不好,又没什么专长,还动不动就犯贱的人,我们都不敢替他设想未来。

我们只知道,除了徐盈盈,他唯一热爱的就是音乐。大学毕业,他选择北漂,一边工作,一边做着白日梦。在北京三环以外租了一居室,每天晚上在酒吧驻唱,回来得很晚。

他家永远像凌乱的录音棚,除了厨房,满屋子都是乐器。晚上上厕所必须清醒,否则一不小心,各种乐器就会出声,将你吓个半死。

我去的那天,他下班后就没出去,在厨房炖汤给我喝。

我在房间上网聊天,其实是找男朋友说事,因为不想分手。可有些事情,你再坚持不去接受,最后注定是输。

我眼泪噼里啪啦掉下来,夺门而逃。

北京入冬以来下的第一场雪，据报道，这场雪已经大得封锁了道路。我踩一脚，陷下去；使劲拔出来，再踩一脚，继续陷下去。

举步维艰。

多么像爱情，需要你那么努力地将自己拔出来，可路还需要继续走，于是你又深深地陷下去。你努力摆脱，不想让脚陷下去，可是不可能啊，你踩它就一定会陷。

我用尽全力奔跑，只听大贱在后面追着喊，感觉天人在交战，可就是跑不快。用脚使劲跺着地上的雪，愤恨到极点，最后坐在雪地里仰天长啸。

大贱蹲在我面前，问我到底怎么了。

我扯过他的衣领，一遍遍问，他为什么不要我了？

大贱说，有什么事，我们回去慢慢说，你这样会冻坏的。

他想拉我起来，我不依，就看着两个人呼出的气流，在路灯下散去。

他没办法，就看着我哭，并把自己的大衣给我披上。我一把鼻涕一把泪，全部抹在他衣服上，直到一点力气也没有。

大贱说，还有我嘛。

我说，你救不了我。

大贱难过地说，那怎样才能救你？

我说，除了他，没人救得了我。

大贱说，赶明儿个我就把他给逮回来，拴在你床头上，看他还跑得了？

三

大贱请了两天假，在家陪我。

窗外的雪毫无退意，我裹着被子，高烧不断。他除了炖汤，就是安静坐在客厅，连电脑都不敢开。

我稍好了一些，他就使劲逼我吃东西。

他无奈地说，你发现没有，每次你来北京，你们都要大闹分手，而且都在冰天雪地的冬天。

我说，滚！

立即将他撵出家门。

他在外面吼，这是我家啊，你一个人不怕啊？

我装作听不见，只在屋里疯狂地哭，哭到不知不觉睡着，醒来已经是第二天清晨。

打开房门，他果真不在；拉开家门，他正站在楼梯口，和一个女孩说话。我看不见女孩，只听见声音。

我问她是谁，大贱舌头打结，说是同事。我随口一问，你喜欢她？

他扭头不看我，只说，我在门外守了一夜，都要冻死了。

我说，那你怎么不进来？

他说，我没带钥匙。

我说，你活该！

他立马作揖，是是是，求姐姐大慈大悲，放我一马。

四

高烧已退，雪花依旧飞奔而来。

我看着食谱，在厨房做寿司，大贱在客厅玩琴键。琴声清脆，曲调婉转，他轻唱：最肯忘却古人诗，最不屑一顾是相思，守着爱怕人笑，还怕人看清；春又来，看红豆开，竟不见有情人去采……

我听得眼泪笔直往下掉，拿着锅就冲出去，敲他的头："你还嫌我不够难受啊？"

他抱着头，一跃而起，你是红太狼啊。随后又拿起吉他，飞速拨弄琴弦，用力唱：谁说你长得不是很美，除了你，我不再爱谁；等头发白了，迎着余晖，那天该有多明媚……

他站在厨房门口，越唱节奏越欢快，一直到我把饭做好。

大贱说很好吃，我也觉得味道不错，只是没胃口。突然发现自己会做的饭，还挺多的，但大部分都没给男朋友做过。因为总想给他最好的，却看不出他最爱什么，总怕做得不合他胃口，缩手缩脚，最后连自己会做什么都忘记了。

其实爱情，不需要太用力，反而给出的往往最好。

大贱说，我明天得去上班，不然要扣工资了。

次日中午，我在厨房忙活，听到有人敲门。打开门一看，我的天，是个陌生的胖子。不是一般的胖，是那种只有在电视上才能看到的，把眼睛都给挤没了。

"你好，我是思达健的朋友，他让我来看看你。"

我一头雾水，半天才说，那，那你进来坐吧。

我让他坐沙发，他说还是坐地板吧，上次把沙发坐塌陷了，赔了一千多呢。

胖子说，我是大贱的助手兼伴奏，他怕你出事，让我来看看。

我心想，你来了，我才出事呢。

胖子说，他打电话说你被甩了，痛不欲生……

我一跃而起，你才被甩了！

胖子说，我就是被甩了啊，大贱都告诉你了？

话不投机半句多，我胸口的火往上冒，拿起电话就喊，死大贱你给我回来！

五

大贱走不开，就打电话给胖子，让他把我看好。我锁好房门，坐在床上又气又急，眼泪不自觉地涌出眼眶。

大贱回来，已是黄昏。胖子一把抓住他，说，你快进去看看吧，她都闷了一下午了。

我掀开门，扯着嗓子喊，我被甩了，你怎么不拿去写新闻头条啊？

他俩面面相觑，胖子逃走。

为了将功补过，大贱答应晚上带我去酒吧，只要我保证不喝酒。其实

不是真的喜欢那种地方，只是不愿意独自流泪，只是想放纵一下自己，看是不是真就不那么难过了。

将我安排在离舞台最近的地方，大贱开始唱歌，一首接一首。灯光忽明忽暗，翻转出时隐时现的身姿，暧昧在酒精中曼妙生辉。他不断看向我，仿佛一不留神，我就会潜逃入夜。

忽然，灯光一暗，一个男孩点了《做我老婆好不好》。钢琴轻起，伴奏徐来，整个酒吧都陷入柔美之中。

眼泪涌出来，我擦掉；再涌出来，我擦掉；继续涌出来，我没去擦。它像关不紧的水龙头，不断流出水来，一滴一滴，周而复始。

胖子端着酒杯，来给我道歉。我夺过他的酒，洒了一半，另一半灌进胃里。"啪"的酒杯敲桌，我盯着胖子说，这是我男朋友给我唱了很久的歌，我不想听了，我要听《死了都要爱》。

胖子转过身，对大贱喊，《死了都要爱》，雄起！

我说，又不是赈灾，还要喊雄起。他说，这是四川话，加油的意思。

我又哭得七零八落。

大贱跟其他人做了交代，匆匆跑下来，问怎么了。

他猛敲胖子的头，跟你说了多少次，她被四川人甩了，你还提！

胖子说，又不是所有四川人都甩她了……

甩。这个字再次劈得我头昏眼花，拍着桌子喊，甩你大爷啊！

大贱叫我跟他回去，我不肯，说还没玩够。我酒量很不好，但没有醉，只是感觉眼前的一切朦胧得刚好，叫人好想把心中的压抑一吐为快。

无厘头地说了很多，大贱叫胖子拿酒。胖子拿来酒，他连喝三杯，眼神愈加迷离，自嘲着开始说徐盈盈。

徐盈盈是美术系的，比我们高一届，身材小巧玲珑。大贱从大二的联谊会上喜欢她，有事没事就献殷勤，最后得知人家有男朋友。后来听说她在北京，他毕业也来到这座城市，在朋友网找到她的地址，直接住她旁边。

一年多的时间，他们已相当熟悉。后来听说她分手了，大贱表白却屡次失败，问为什么，她说放不下。

大贱坚持照顾她，每晚给她打电话，又不知道说什么，就说打错了。

那么烂熟于心的号码，我怎么会打错呢？不过是想你了，想听听你的声音，却又无法告诉你思念的滋味。

大贱猛喝一杯，说，我不会放弃的。

胖子哭了，说，你们这根本不叫被甩，我才是……

那晚，我们走在凌晨的街道上，踏着厚厚的雪，对着漫天飞舞的身影，断断续续地唱：

有谁能让我沉醉，像阵风轻轻飞，但是你却让我醉，只不过清水一杯；有谁能让我喝醉，忍不住掉眼泪，但是你却让我醉，我心中的珍贵……

六

雪渐渐停下来，我回西安，胖子也跟过来。玩了几天，他回四川，问我要不要过去玩。我说，去哪儿都不去四川，我讨厌死那个地方了。

胖子笑没了眼睛，说，总有一天，你会重新爱上那个地方，而且比以前更爱。

他走后，我去了红豆之乡，几个月后回西安。

西安最美的季节就是初夏，一切都刚刚好。在最美的景色里，读一本好书，是很惬意的事情，但我还是被电话铃声吵醒。只听那一头，哭不是哭，笑不是笑的。

我说，大贱，你没疯吧？

他断断续续说，姐，我有女朋友了，徐盈盈。

原来他在音乐比赛中顺利晋级，现场跟徐盈盈表白，她终于点头。

突然想起在北京，他每晚读文字给我催眠，有一天他念道——

我们喜欢说，我喜欢你，好像我一定会喜欢你一样，好像我出生后就为了等你一样，好像我无论牵挂谁，思念都会坠落在你身边一样。

而在人生中，因为我一定会喜欢你，所以真的有些路是要跪着走完

的，就为了坚持说，我喜欢你。

大贱说，我送了徐盈盈一双精致的高跟鞋。

我说，你不怕她跑掉啊？

大贱说，你觉得呢？

胖子说得对，我比以前更爱四川，因为那是我见过最美的地方。爱上一座城，是因为一个人，就像我因为你，开始喜欢庞龙的歌，可最终发现，他的歌里有我最爱的元素。

我听着他的歌，走进那座城，那漫山遍野的风景，是你的影子。你的一颦一笑，你温热的手掌，你轻盈的步伐，都在这里盛开。

我想你，却没法告诉你，只被时光默默记住。

既然找不到一个放弃的理由，那就把思念写进每一缕晨光里，抛向你所在的方向。不求你会明白，只是想有一天你能路过，看到我已在这里刻满你的名字。

如果你能停下来，看看我，我还会执意送你一双鞋。因为我们都明白，你真的愿意留下来，就算是风火轮，也无法带你离开。

载于《青年文摘》

最幸福的是，在自己失恋的时候，有那么一两个哥们儿对你始终不离不弃。人生有如此幸事，足矣。所以，哥们儿的好处就是，他一辈子都不会甩了你。

贫穷，谁的错

文 / 庐江布衣

拼着一切代价，去奔你的前程。

——巴尔扎克

有这么一位大学生，成绩优异，但家境贫寒。一条洗得发白的牛仔裤，一双打满补丁的球鞋，他穿了六年，从高一到大三。早餐时，多买几个馒头，剩下的就当作午餐。勤工俭学挣的钱，他全寄回家做了妹妹的学费。他很自卑。走在校园里，他常低着头，默默无言。

一天，在课堂上，教授当着全班同学的面，对他说："昂起你的头来，记住，贫穷不是你的错！"

他豁然开朗，一下找回了自信。从此，他有了灿烂的笑容，一身布衣烂衫，穿梭在同学们中间，再也不觉得自卑。大四整整一年，他过得自信而充实，他觉得天地从未有过的开阔。

毕业后，开始找工作，没想到却处处碰壁。好不容易找到了，却又只能做个没有底薪的营销人员。但他又实在不是搞营销的料，工作一年，仅够养活自己而已。

他找到了教授，倾诉了自己种种不幸的遭遇，希望得到教授的教诲。

教授面容严峻，冷冰冰地扔出几个字："贫穷，只能是你的错！"说完，教授拂袖而去。

他愣在当场，满心委屈，泪水在眼眶里直打转。

回去后，他痛定思痛，想了整整一夜。第二天，他背了满满一大包的方便面和几瓶矿泉水，外出推销产品去了。从此，他付出别人双倍甚至十倍的努力，业绩渐渐有了起色。

两年后的今天，他已是一家公司营销部门的主管了。回忆起教授，他充满了感激。第一次，教授给了他生活的阳光。第二次，他就像一匹疲惫而茫然的奔马，而教授，只是狠狠地给了他一鞭子。

确实，学生时代的贫穷，不是我们的错。我们完全可以坦然地去卖袜子，扫操场，领助学金。对谁，我们都能坦然地挺直腰板。但是，对于一个四肢健全的成年人，尤其是受过高等教育的年轻人而言。贫穷，再也没有任何借口！安居乐业，是每个人最起码应该做到的，若是这一点都达不到，那真的只能是你自己的错了。

载于《青年博览》

一个人不能选择自己的出身和家庭，可是在成年之后，所有的一切就只能你自己去扛，从那时起，你的贫穷和富有就只能你说了算，过得好与坏，都是你自己的事。

第二辑

为你流泪的女子

　　夜阑人静，明月西悬，我常会对着遥远的南方，默默地想她。虽然已是江长水阔，天各一方，但是，你永远是我心中最真的红颜，最近的知己。

青春独唱，杜鹃花如海

文 / 阿识学长

在时间和现实的夹缝里，青春和美丽一样，脆弱如风干的纸。

——辛夷坞

眼泪会打湿杜鹃花

我穿着 CC 送给我的帆布鞋，躲在青春的"青"字背后偷窥春天。不远处的小山坡上布满了炽热的颜色，像熊熊燃烧的火把，映红了天际。

我曾以为它会在刮风或是下雨时提前熄灭，可 CC 说，杜鹃花的颜色是鸟儿吐血染成的，这些连死亡都不怕的花朵是不会畏惧自然的，更不会轻易忧伤或凋零。

那个春天，我莫名其妙地把 CC 说的话放在了心上，就好比有人坚信青春永远都不会散场，愿意陪它画地为牢。

进入高中的第一次月考，我发挥得很糟糕，在承受了爸妈和班主任的轮番训导之后心情跌入谷底。也就在那么一恍惚的工夫里，我从春天进入了冬天，每天只能靠漫无目的地翻阅字典来整理心情。"杜鹃花，又名满山红，属灌木，代表爱和喜悦。"念着这些滚烫的字眼，往事一页一页摊开，没来由地发觉如果青春没有青只有春，那么剩下的就应该全是眼泪了。

"哭什么？眼泪会打湿红踯躅的。"CC 是文艺少女，她喜欢写诗和画画，而且总能叫出杜鹃花的许多别名。每当她说出我听不懂的话时，我都会莫名地产生些许崇拜之情，觉得她真是高端又大气。

总有对手与青春掐架

我一度是自信和快乐的。那时候，CC 坐在我的前排，她个子矮，爱穿米蓝色格子裙，走路时马尾辫总会左右晃动，看起来有些天真俏皮，又有些盛气凌人。

自习课上，一遇到不会解的题目，我就用圆珠笔套在 CC 背后来回地画。CC 怕痒，这时，她便会招架不住回过头来，压低嗓音恶狠狠地说："毛虫虫，你再这样，休怪本官对你不客气！"说完，再狠狠地踩我一脚。有时，CC 的橡皮擦会不经意从桌子上滑落，然后她就会弯下身子去捡。每次她看到我的牛仔裤，都会毫不客气地嘲笑我："毛虫虫，你又把牛仔裤剪了个大口子啊，你爸妈知道吗？"

"那你晚自习不读书，偷偷摸摸地画画，你爸妈知道吗？"

"我就爱画，我是要考美院的。哎，你看，我刚把马小见画成了一个奇丑无比的胖子，一会儿下课贴到隔壁班门口，让校花见识一下他的风采。"

马小见是班里的文艺委员，也是 CC 的男闺蜜，他们俩的相处模式完全是无节操的。CC 喜欢许嵩，所以每到音乐课的自由练习时间，马小见总会肆无忌惮地把许嵩的《等到烟火清凉》演绎出《金箍棒》的感觉。CC 实在忍无可忍的时候，总会趁老师不注意，揪住马小见的耳朵："马小见，你用这么惨绝人寰的歌声毁灭自己可以，但请不要侮辱我的偶像！"CC 是文艺女中的暴力机，而马小见又不好意思对女生下手，所以每次对抗总是他落败。

那时候，我们的青春好像被施了魔法，就爱缠着某个人开玩笑、斗嘴。但我从不参与他俩之间的斗争，只在心里暗笑："你们俩一个不尊重美

术,一个不尊重音乐,活该碰上对手。"

叛逆是颗忧伤的子弹

青春的对手不仅会有老师、同学、陌生人,还有爸妈。周末写完作业后,我在自己的房间练吉他。爸爸妈妈听见后,猛烈地拍着我的房门:"老师布置的作业写完了?妈妈给你买的习题也做完了?"

"没做完就不能休息一会儿吗?"我打开门,迎面而来的是他们气急败坏的样子。

"唱歌是休息吗?累了就好好睡觉,别把心思花在这些乱七八糟的东西上面!"

我拼命忍住几乎要奔涌而出的眼泪,重重地将房门关上,然后猛地把书桌上的课本、习题全扫到地板上。

我的梦想是学音乐,将来当一名歌手。可爸妈不理解我,他们总压制我唱歌,他们希望我考入医科大学,将来成为一名医生。

我翻出他们给我买的新牛仔裤,在裤腿上剪出不规则的口子。看着这一个个大口子,就仿佛看见了我青春中一个个沮丧的黑洞。

想起CC曾说,青春是场战争,18岁的我们用叛逆当子弹。只是这颗子弹飞不过沧海,在碰到坚冰时就会碎裂,再无法还原。

一场突如其来的大雨

临近文理分科,别的同学都昼读夜背、奋笔疾书,我却过得浑浑噩噩,甚至开始在课堂上睡觉。终于有一次,在班主任的课上,我照例在他喋喋不休的声音里睡着了。但这次叫醒我的不是下课铃声,而是一个粉笔头。

我揉着额头睁开眼,发现全班同学都看着我笑得前仰后合,而班主任站在讲台上怒气冲冲地瞪着我。当时,我半沉浸在迷迷糊糊的梦境里,半挣扎在困惑的现实中，整个人大概显得十分滑稽。

下课后，班主任把我和 CC 叫进办公室。我瞥见他办公桌上的月考成绩单，空气中混杂着浓重的油墨味和隐隐约约的花香。

"最近上课总睡觉，是不是因为失恋？"班主任侧着身望着我，右手搭在桌子上，食指漫不经心地叩着桌面。

我吃了一惊："我还没恋爱呢，哪儿来的失恋？"

"你还不承认和她恋爱？"班主任有点生气，指着站在旁边的 CC 质问我。

我看了看 CC，她的脸涨得通红，身体在微微颤抖。我慌忙辩解，并用手肘推了推她，示意让她跟班主任解释清楚。可 CC 一句话都没说，沉默得厉害，眼睛亮晶晶的，似乎隐藏着泪水。

班主任意味深长地看着我，显然，我的解释在他看来只是狡辩。

我不明白自己到底做错了什么，无力辩解，便也沉默下来，目光游离，最后落到了窗外的喇叭花上。它们缠绕在泡桐树的枝干上，颜色纯净，形状坦然，与我们一望到底的青春真是像极了。但我一点也不喜欢白色的喇叭花，因为红色的杜鹃花早已盘踞了我整颗心脏。

那天，我和 CC 都被罚写五千字检讨书。CC 写着写着就泣不成声，写检讨对于一个自尊心强到爆棚的文艺少女来说，简直是致命的伤害。我想像从前一样给 CC 讲笑话，逗她开心，但我始终开不了口。

像是一场突如其来的大雨，淋湿了我们的心。CC 不再给我买小布丁，马小见也不再是我的同桌。在这场大雨中，我们各自沿着不规则的青春边缘，渐行渐远。

那年 5 月，小山坡上的红踯躅彻底消失了。CC 和马小见读理科，在教学楼一楼的重点班，我念文科，在八楼的普通班。

会有梦想盛开的声音

有次放学,我在校门口碰到马小见。好几个月没有联系,我们彼此都有些生疏。

几句不走心的寒暄之后,我问出了困扰我好久的问题:"那天到底发生了什么事,为什么老师会说我和 CC 谈恋爱?"

马小见犹豫了一下,然后说:"你睡觉说梦话,具体内容没听清,但大家都听见你叫了 CC 的名字……"

原来是这样。我已经记不起那天自己究竟做了什么梦了,但我知道,CC 肯定因为这句话受到了班主任和其他同学的误解,这大概也是她现在都不肯理我的原因。

"我是毛虫虫,似乎每天都有很多烦恼,睡觉总爱说梦话。对不起,CC。"我终于有勇气给 CC 发了一条短信。

不到一分钟,她就回复了我:"没关系,都是过去的事了,以后你也要好好读书,加油。"CC 变得一点也不文艺,她成了学校的知名学霸,每次考试总拿全年级第一。

还记得我和 CC 第一次去小山坡看杜鹃花时,她送给我一双帆布鞋。她说,希望我以后每次来看杜鹃花,都能穿着它。我和 CC 的这个秘密,我想马小见是不知道的。虽然我早就洞悉了他的秘密:他喜欢 CC,每次都故意把许嵩的歌唱错,希望多得到一些 CC 的关注。

高考百天誓师大会后,我穿着那双帆布鞋再一次来到小山坡,CC 竟然也在那里。很久没有面对面交流过,我们隔着大片绚烂的颜色对视,然后肆无忌惮地笑了起来。

后来,我们坐在草地上聊天,抱怨考试太频繁、吐槽班主任多么残暴、倾诉各自的新梦想……头顶上有大片大片的流云飘过,时间宁静得仿佛停滞了一般。

CC 终于又开了文艺腔,她说:"青春像一季一季的候鸟,在不停地同我们告别。一些不被想起的就会成为空白,一些被时常记起的,才是永恒的歌。"

我还是听不懂,可是觉得她说得对极了。

载于《知识窗》

现在想想,席慕蓉当时说的青春是本太仓促的书,真的是贴切极了。我们终于散落到世界的各个疆域,就像一场风把蒲公英吹散一般,我们再也回不去了。

麻辣教师

文 / 阿识学长

培养人,就是培养他获得未来,快乐的前景的道路。

——马卡连柯

一

我真正接触到谭,是在高二文理分班那天。

当大家都安静地在教室里啃着书本时,突然,有那么一位有柳梢眉,上穿花格子衬衫,下穿鲜红色休闲裤的中年女性摇头晃脑地走进了我所在的高二(4)班。

她手握备课本,怡然自得地趴在讲台上:"四班的同学们,我是谭老师。下面,被我点到名的同学,请待会儿到高二(2)班上课,我要热烈欢迎。"她竟一个人心花怒放地鼓起掌来。

我早在高一(4)班时就听说过谭,谭是学校里出了名的老师。她的出名除了教学质量外,就数她"表里不一"的威严了。她在高一(6)班当班主任时,最擅长放学拖堂。每次其他班都下课了,她的班却纹丝不动。谭依然性情投入,手舞足蹈地讲政治课。

虽然有很多同学会抱怨她的拖堂行为,但习惯了这种生活的谭并不在乎。等她讲得差不多了,她才会冒出一句:"下课了吗?这破学校!"

这时同学们就会异口同声地说:"早下课了,都快上课了。"

于是，谭赶忙提起包包："大伙儿快去吃喝拉撒吧！"说完，她屁股扭一扭，赶集似的消失。

二

就在我坐在下面祈祷千万别被她抽中时，噩耗却开始了，谭大声地点着第一个名字："胡识同学！耶，这不是一位大作家吗？他怎么会沦陷了呢？"

顿时，班里爆发出轰轰笑声。

我轻声细语地应了她一声，整个脸"唰"地一下涨得通红通红。

可她分明就喜欢装聋作哑，她竟一把将备课本甩在讲桌上，愤懑地说，"胡适（识），他到了没到？"

我说，到了。

她又问，他到底到了没到？

我从椅子上"嗖"地一下站起来，说："老师，我真到了。"

她抬起头，瞅着我，然后小声地"哦"了一下，就像对待别人家的宠物一样。

我的胃就是那个时候被她抖了下去。

所以，去高二（2）班的第二天我进了医院，医生说我胃下垂。

我发短信向她请假，她不信，非要我爸给她打电话，我拗不过她，只好悻悻地叫朋友帮我请了一个在县城踩黄包车的男人当作爸。

我给那个男人十块钱，他很爽快地就答应了。

"谭，也只不过如此嘛，她分明就是个大傻帽儿。"为此，每天我躺在医院都得意扬扬。

三

也不知道是谁在谭面前揭穿了我。我前脚刚踏进高二（2）班，谭后脚就跟来了。她拿着一把扫帚，眼珠子跟烧着了似的。

"她不会是冲我来的吧？！"我的小心脏忽上忽下。

不是每一场自我安慰都能起到自愈的作用。

谭还是一步一步向我逼近了。

谭拿起我的脑袋："好小子，我让你骗我，我让你撒谎，今天我非抽死你不可。"她一边训斥我，一边用扫帚抽打我。

不知道那时候我的肉是不是都长在了屁股上，还是别的原因，反正我感觉不到疼，我只是心里特别恨谭，因为她竟当着全班人的面拽掉我的裤子。

每次有同学犯下大错，惹谭生气，她就会使用这招"尊严必杀技"。

四

晚上，正当我穿着还在滴水的内裤在寝室里闲逛时。突然，谭一脚将寝室的门踢开。

"同志们，你们都在干吗呢？"

"哇，要命啊！"

我赶忙往床上纵身一跃，用毯子捂着身子，不敢正眼看谭。

可是谭却一蹦三跳地来到我的床边，"嗖"地一下扯开我的被单，"臭小子，我都这么一大把年纪了，什么没见过，还遮遮掩掩，赶忙让大伙儿好好瞅瞅。这细皮嫩肉的！"

我死死地盯着谭，真想一头撞死在她那张尖尖的脸蛋上。

但没过一会儿，谭又莫名其妙地大笑起来，"胡识，看来我白天没打疼你啊，你还是这么白白净净，都能掐出水来。"说完，她使劲地在我的大腿上掐了一下。

我差点哭出声来，眼泪拼命地在眼珠子里晃悠。可等我看到谭自顾自地来回抚摸自己的头时，我不禁又偷笑了起来，谭竟然剃掉了卷毛，换了个平头装，她实在太像男人婆了。

五

第二天上午，谭在上面讲课时，我爸真的拿着打狗的棒子怒发冲冠地跑进了教室。

我爸一把揪起我的头发："我叫你读书不攒劲，进了普通班。我叫你撒谎，让别人冒充你爸。"打狗的棒子像密密麻麻的雨点"啪啪"地打在我腿上，那次我真哭出了声。

我以为谭准会在讲台上笑话我和我爸，因为那是家丑。可就在我爸将我拖出班里，叫我别读书时，谭朝我爸一声大吼："你给我站住！孩子，我昨天教训完了，这是学校，轮不到你上场！"谭瞪大着眼睛看着我爸。

就这样，不一会儿我爸便把我放了，他和谭去了办公室。

听我妈说，谭那天对我爸讲了整整一上午的大道理，我爸被她说得瞠目结舌。就此，我爸为我在她的普通班读书感到自豪。

后来，每当我站在讲台上激情演唱，她在教室的空地里戴着墨镜闻歌起舞时，我就特别开心。

毕业典礼那天，谭用嘴巴凑着我的鼻根说："大作家，我要当你的舞娘。"

我说，好。

载于《知识窗》

突然想起那些年，陪伴我们的老师，各有各的脾气，各有各搞怪的一面。可是在他们心中最重要的却一直是我们的学习生活。向那些年可爱的老师致敬！

为你流泪的女子

文 / 卓然客

  暗恋最伟大的行为是成全。你不爱我，但是我成全你。

——张小娴

  那年，我18岁。单薄的身子，穿着洁白的衬衣。我什么都没有。唯一拿得出手的只有梦想。有喜欢的女孩子，却一直不敢追。就这样，三年一晃就过去了。当有同学拿着着毕业留言册，让我写留言时，我猛然惊觉，毕业了！就像一个戏子，登台亮相，本想拳打脚踢卖弄一番，猛一抬头，竟是谢幕了。于是，草草收场。

  胡乱地写着留言，和三三两两的同学在脏兮兮的小酒馆里，喝呛人的白酒；给心仪已久的女孩子送一本书，然后响亮地喊一句，不在乎天长地久，只希望曾经拥有……乱，大家都这样乱，我也便乱纷纷地跟随着。

  乱着，也热闹着，但是，却没有什么能在心里留下特别的印迹。直到，我踏上归乡的列车。

  一大群同学，闹哄哄地说着祝福的话。也有粗俗的男生开着不合时宜的玩笑。我坐在车窗边，向着同学们招手。当列车响亮地鸣了一下汽笛。忽然，一个叫欣的女生，摆脱拥挤的人群，扑到我的面前。她忧伤地，定定地看着我，然后，眼睛一红，一粒粒清清的泪珠就滚了下来。我十分诧异，不知所措。她张了张嘴，却没说出话来，那泪水一涌，就布满了面颊。就在这时，列车缓缓开动了。她随着奔跑起来，一把抓住了我的手，但是立刻就被飞奔的列车甩开了。

我把头伸出窗外，朝着她挥手。只见她痛苦地弯下腰来，蹲在地上哭泣。有两个女同学拉着她的胳膊，像是在劝说。

刹那间，我终于明白了她的心思，内心感动得一塌糊涂。虽然她只是个善良而普通的女孩，但那一刻，我真的愿意陪她到天荒地老、海枯石烂。

我仔细回想三年中的点点滴滴，实在找不出，与她有什么暧昧的地方。对她的印象，越想越是模糊。只是，真没想到在那个异常传统而守礼的年代，当着那么多同学的面，她会那般的动情！

那是一个通信十分落后的年代，回到家乡，我就照着留言册上的地址给她写信。写了好几封，却一直没有接到她的回信。时间久了，也就只好罢了。

漫漫数十年过去了，我时常会想起她。原来模糊的印象，透过漫长的岁月，竟然越来越清晰。我记起了许多细小的情节：班里开联欢会，她唱的是一曲黄梅调《夫妻双双把家还》男同学们都使劲地拍手叫好。但是，我一叫好，她就红着脸不唱了；运动会上，她代表班级给我送水，我一仰头，喝了大半瓶，而她一直害羞地低着头；考试时，她偷偷递给我小抄，然后狡黠地朝我打个"V"字手势……一点一点的，都忆了起来，一点一点的温馨，又是一点一点的忧伤。年少懵懂的心，不知忽略了多少美好的细节，不知辜负了她多少遥遥地注目与默默地温情。我常想，若是能与她携手人生，一定也能成就一段佳话。

我只是个寻常男子，面容一般，工作平凡，这一生中，有几个女子能如她一般，为我洒下那般动情的泪水？只怕再也没有了。

一个男人，一生中，只要有一个女子，这样地为你流泪，此生便已足

矣。我何其有幸，拥有了你如此晶莹的泪水。

夜阑人静，明月西悬，我常会对着遥远的南方，默默地想她。虽然已是江长水阔，天各一方，但是，你永远是我心中最真的红颜，最近的知己。

载于《文苑》

那时候女孩子的心思，就像藏在深海里秘密，如果不细心一点是不会发现的。他们小心翼翼却很认真地喜欢一个男生，就像守护着自己的一个梦一样。那时候，真好！

耸立于自家冰箱上的哈佛

文 / 段奇清

做了好事受到指责而仍坚持下去，这才是奋斗者的本色。

——巴尔扎克

5岁那年，由于张媛琦爱看动画片《葫芦兄弟》，一天爸爸笑着对女儿说：妈妈是哈韩的，媛琦是哈葫的。因为妈妈爱看韩国电视剧。小媛琦想了想：那奶奶是"哈佛"的。她看到奶奶常常拜佛。见女儿说得有趣，爸爸哈哈乐了，说"我女儿真聪明，将来一定能上哈佛"。就这样，她知道了有一所非常好的高等学府——哈佛大学。

于是，小媛琦以她稚嫩的手，在一张纸上写下了"我要上哈佛"，然后贴在了家中的冰箱上。从此，这5个字就如同《西游记》中如来佛的5个手指化成的"五指山"，耸立在她家的冰箱上；不，那是一条自信、勤奋的路，牵引着她不断向着梦想的高峰攀登。

张媛琦1995年出生于河北衡水，上了小学，她就像小大人一样，放学后，不是做作业，就是看课外读物。每每有孩子在院子里跳绳、踢球……爸爸则会说，"媛琦，你就不和他们玩上一会儿吗！"她去了，但不多大一会工夫又回来了。爸爸说："怎么不多玩会儿？"她看着冰箱上的那5个字，向爸爸努努嘴。爸爸在心中暗暗夸奖，女儿真懂事！

　　张媛琦不贪玩,可一次让她"玩"得好远好远——"玩"到了美国。由于各项成绩优异,2009年新东方组织一次国际游学,张媛琦幸运地成为其中一员。第一次踏上大洋彼岸的这个国家,先进的教育理念及颇吸引人的人文元素,让张媛琦大开眼界,更坚定了她圆梦哈佛的决心。

　　上高中二年级时,张媛琦萌生了去美国学习的想法。在她看来,去了美国也就向圆梦哈佛靠近了一步;再就是,由于和同龄的孩子们接触不多,使得她的性格偏于内向,只有到了一个全新的环境,才有机会重新展示一个全新的自己,让自己变得外向,交更多的朋友。十四五岁的小女孩就远渡重洋,这需要多么大的勇气,在爸爸的支持下,她终于来到了美国。

　　美国的高中也的确能让人变得外向和充满自信。其课程都有不同的计分方式,课堂小测验、讨论都会计入总成绩。一开始,她因为害怕出错,很少发言。但后来发现不说话参与分数少了,平均成绩就降下来了。于是她开始硬着头皮主动发言,这样一来,不仅分数上去了,更是锻炼了口才,发现原来自己还挺能讲的。就这样,她从害怕课堂讨论变为希望上讨论课。

　　在国内读书时每天要上什么课都有固定的课表,但在美国每个人的课表都不同,必须自己提前做好安排。有时候参加话剧、音乐剧的排练,结束已经晚上9点多了,她就巧安排,在话剧排练间隙或在校车上写作业。在美国寄宿家庭生活时,由于她放开自己,善良热情,得到了寄宿家庭成员非常贴心的照顾,也让她很快融入了美国的生活。

　　"勇于尝试新事物",更是她高中时一面高举的旗帜。为增强人文素养,提高交际能力,张媛琦到二手店做义工、为非洲的穷人做食品和被子;她还参加学校的打扫卫生小组,虽说累,但有报酬,既锻炼了自己,也可为家庭减轻经济负担。同时,张媛琦加入了学校的长跑队、田径队、网球队;为培养自己的组织能力,她还带头在学校组建了一个数学俱乐部,召集所有和她一样热爱数学的同学一起参加数学竞赛。

由此她感到学习格外轻松，成绩也就更优秀，历次考试全A通过，GPA4.11，ACT33分（AmericanCollegeTest，美国高考，满分36分）。她还获得了第六届丘成桐中学数学奖金，2014年度亚利桑那州科学人文研讨会第一名，科学奥林匹克锦标赛第三名，连续两年亚利桑那州数学竞赛25强得主……

令人钦佩的是，张媛琦已被哈佛大学、麻省理工学院、斯坦福大学、康奈尔大学、卡内基梅隆大学等9所大学录取。2014年全国939万学子走进高考考场时，她这个身高1.72米、"美范儿"十足的美国圣格雷戈里大学预备高中学生已经在筹备去哈佛的旅程。

张媛琦说，5岁时贴着的"我要上哈佛"的纸条至今还在家中的冰箱上。人们说：张媛琦的哈佛就耸立在她家的冰箱上。

一个敢于有梦，不惮追梦的人，就一定有梦圆的一天。

载于《文苑》

每个人都有梦想，或者是成为什么样的人，或者是去什么不知名的远方。怕什么呢，努力就好了，今天不行，明天不行，那就积蓄力量，等到明年后年，就一定可以实现。

退步原来是向前

文 / 李红都

业精于勤，荒于嬉。

——韩愈

技校毕业那年，他刚满19岁，分到一家大型国企的分厂磨加工工序生产磙子产品。车间多是国产的老式磨床，操作技术也很简单，实习时他就开过类似的机床，所以来这里没多久，他便能独当一面，开始独立赚工时。

车间里有几位和他差不多大的年轻职工，干着和他一样简单的磙子加工工序，每天上班干活，下班走人，业余凑在一起打扑克、下棋消磨时光，周日，小伙子们陪着各自的女朋友看电影、逛街……没有生存的压力，也没有什么惊喜，日子过得波澜不惊。轻闲之余，他有些失落——难道一辈子就这样平凡得近乎平庸吗？

单位引进了几台数控车床，想进步的他主动要求调过去学习新技能。"知情"者劝他：这是个刚组建的新车间，人员少，工作量大，更重要的是，之前已掌握的磨加工技术到了这儿可就派不上用场了，得重新学习数控技术，那可不是好学的。他笑了笑，没说话。

调到新车间后，他才发现有主动学习新技能的员工可真不多——整个分厂数百名员工，报名来新车间的带上他一共才四人！走近刚开封的数控车床旁，看着车间领导充满期待的目光和计划员手里那张刚签下的精车套圈产品订单，他能感到肩上那份沉甸甸的压力。

那是一段充满激情的时光，白天他跟着厂家人员学习实践操作，不懂的地方就记在小本子上，晚上上网搜索答案，还找来数控机床理论知识书籍查寻答案，非得把当天没弄明白的地方全搞清楚才肯休息，第二天一大早，又匆匆赶到单位，投入实操培训当中。培训结束后，他们四人开始试车生产加工新订单。因为工作和学习忙，周日也没空陪女朋友，惹得女孩儿委屈地直哭，他安慰她，他这么努力，才是对另一半负责任……

为了保证及时交货，加班加点是家常便饭。往往其他车间周日都休息了，他们车间仍是机床轰鸣。最初的两个月，尽管他们四人都非常勤奋，但因为技术不熟练，生产效率并不高，勉强能完成工时定额。看到他没有节假日，没有礼拜天，每天泡在数控车间忙得焦头烂额，工资却并不比之前干磙子磨加工工序时拿的钱多，有人就笑他，放着轻松简单的活儿不干，非得去新车间干那又重又累的活儿，重新学一门设备的操作知识，工资也还没以前高，这样的生活状态不是退步是什么？真是冒傻气！

面对讥笑，他选择了沉默，用布袋和尚的诗激励自己——"手把青秧插满田，低头便见水中天。心地清净方为道，退步原来是向前。"

三个月后，他终于摸懂了数控车床的脾性，半年后，他的工时开始从车间脱颖而出。因为他平时善于理论联系实践，遇到什么操作上的难题，都喜欢业余在网上或翻书寻求理论的支撑，所以他的数控理论知识体系很全面。每逢分厂有加工难度大的产品，车间主任第一个想到的就是他。一年后，公司组织各分厂的数控车间操作工参加公司级数控技术比武，凭着出色的操作经验和丰富的理论知识，他一举夺魁，登上全公司数控技术比武冠军的宝座。当年，年仅21岁的他因出色的技术和工作表现被推选为首席员工，成了全公司最年轻、最有前途的金领技工。

没多久，公司开始在全厂范围推广数控技术，老机床大面积停产，之

前不愿学新知识的工友随时面临被行业淘汰出局的危机，那些曾笑他"退步"的工友，此时此刻才明白——真正退步的不是一时工资落后的他，而是像自己这样死抱着一门老技术，不肯更新知识体系的人。

如今，他一个人熟练而轻松地掌控着两台数控机床，拿着常人两倍的工资，令工友们羡慕之余，心生敬意，也令女朋友眼含崇拜，满心欢喜……

不错，人生像极了农夫插秧，当我们身心不为外界物欲所左右，能够无视闲言碎语，心无旁骛地一根接一根往下插秧的时候，就是生存和发展之道相契的时候，表面上看，我们像农夫一样边插秧边后退，可也正因为这样一门心思地退后着将稻秧全部插好，所以才有了真正意义上的前进！智慧的职场生涯也是这样，不是只一味地向前冲，有的时候，若能退一步思考问题，往往会拥有更为海阔天空的新天地。

载于《文苑》

人生需要退步，当在某一项事业上再没上升空间的时候，我们就得考虑去重新开始另一项技能。就像装满水的杯子，只有倒掉，才可以装进去新鲜的水。退步，是不满足现状，积极进取的表现。

我差点忘记你也年轻过

文 / 麦父

　　盛年不重来，一日难再晨。及时当勉励，岁月不待人。

　　　　　　　　　　　　　　——陶渊明

　　单位的 QQ 群里，有人发了一张老照片，让大家猜猜，照片上的人都是谁？

　　照片是从老报纸上翻拍的，虽然已经发黄，但不难看出，照片上的四个人，都非常年轻。发型很土，穿着也很土，有两个人的上衣口袋里，还插着钢笔。不知道什么原因，他们的照片登上了报纸，但那个年代，能上报纸，那可是一件特别荣耀的事情。

　　他们是谁呢？群里热闹开了。

　　有人率先发言，说这四个人，都是我们的老同事，除了一人已经退休了之外，其他的三人，依然和我们在一起工作。

　　有人先发了一个惊讶的表情，接着说，左边的第二个小伙子，那不是我们的刘总吗？

　　很多人附和，没错，就是刘总。没想到那时候的刘总，那么年轻，那么帅气，那么朴实啊，真的算是帅哥一枚呢。

　　啧啧啧啧。QQ 上发出一片惊叹声。

　　刘总是我们单位的"一把手"，在我们的印象里，他和很多上了年纪的领导一样，威严、刻板、富态、不苟言笑，很多时候，特别是在布置的工作没能按他的要求完成时，训起人来，不留脸面，不近人情。尤其是他那张脸上，总是微微下垂的嘴角，让人看了就发怵，好像你永远欠了他什么似的。看惯了他拉长的脸，以为他天生就是这个模样，没想到，真没想到，刘总年轻时，也和我们一样喜欢笑，你看看，照片上的刘总，嘴角就是俏皮地上扬的，显得多么亲切啊。

　　有人又认出了其中的一个人，右一，那不是老郑吗？

　　大家再一细看，可不是老郑嘛，戴着眼镜，眯缝着小眼睛，好像在盯着什么看似的。眯着小眼睛，这几乎是老郑标志性的动作。他是我们单位的安全员，较真儿，不好讲话，但工作之外，一团和气，所以，和同事的关系，还算融洽。在我们单位的老人中，他这个年龄还做小职员的，几乎只剩下他一个人了。有人替他愤愤不平过，但也有人认为，他天生就不是个当领导的料。倒是他自己，对现状很满足的样子，一提到再过几年就要退休了，还总是一脸的舍不得。照片上的老郑，除了眼睛小了一点外，是四个人当中个头最高，模样看起来也是最俊俏的，简直可以说英气逼人，与现实中的老郑判若两人。

　　有人迟迟疑疑地说，最左边的，会不会是张主任？

　　张主任？怎么可能？张主任是我们单位最重要的一个部门的领导，也是我们单位体重最重体积最庞大的一位，而照片上的这个小伙子，那么瘦削，那么精干，这两个怎么可能是同一个人？

　　张主任自己说，没错，那个人还真是我。都快30年了。张主任感慨万千。

　　什么？这张照片是30年前的？QQ上炸开了锅。

　　有人说，老郑，对不起，从认识你的第一天就喊你老郑，以为你一直像现在这么老。

有人说，张主任，没想到你年轻时也那么瘦，那么有型呦。

有人说，30年前，我还没出生呢，他们就已经在我们单位上班了啊，真正的前辈啊！说完，发了一连串的点赞。

最后被认出来的，是那位已经退休的同事，大家追忆了很多关于他的往事。

因为这样一张发黄的照片，单位的QQ群上热闹了一个上午，引来了无数的感慨。而其中感慨最多的是，没想到，刘总年轻过，张主任年轻过，老郑也年轻过，他们的青春，都献给了单位。很多人进单位时，刘总就已经是刘总了，张主任就已经那么胖了，老郑就已经那么老了，我们以为这就是他们本来的样子，而忘记了他们也曾年轻过，青涩过，也帅气过。

我却忽然想到了我的奶奶。打我记事起，她就是个老太太了，仿佛她生来就是个老太太，满脸皱纹，嘴巴干瘪。她是个乡下老太太，年轻时没能拍过一张照片，没有留下过一点青春的证据。今天，在我也人到中年之后，我猛然意识到我的奶奶同样年轻过，美丽过，就像所有的老人一样。

载于《情感读本》

每个人都会老去，这是自然界无法更改的法则。一些人已经消亡，一些人正逐渐老去。我们呢，我们也会。所以，最重要的就是看你怎么过好自己的一生了。

问 情

文 / 林振宇

  如果感情可以分胜负的话，我不知道她是否会赢，但是我很清楚，从一开始，我就输了。

——《东邪西毒》

一

"问世间情为何物，直教人生死相许。"

许多年以前，我曾喜欢上一个女孩，就叫她"梦"吧。

初二那年，梦来到了我们班。不知道为什么，见到她的第一眼，我就有一种莫名的似曾相识的感觉，也许这就是人们常说的一见钟情。

梦长得标致，高挑的身材，清秀文静，留着一条粗黑的麻花辫子，像个淑女似的。她穿着朴实，又不太喜欢涂脂抹粉。我喜欢她的这种自然美，在我眼里，她就像一朵出水芙蓉，亭亭玉立。

梦是个有个性的女孩。我们上完补习班已经天黑了，别的女孩子要么家长来接，要么结伴而行，而梦却敢独自回家，她的与众不同引起了我的注意。

平时，我总爱不自觉地偷偷地看着她。当看到她和别的男孩子一起嬉笑，我心里就不是滋味，是"吃醋"吗？我也说不清楚。

三年的学习生活就要结束了，同学们互赠留言，依依不舍。梦赠给我的留言是：人生的道路曲折不平，愿你在人生的道路上勇往直前，做一个真正的男子汉！我把梦的留言珍藏在了心里。

　　初中毕业后，我考上一所技工学校，后来分配进厂，当了一名普通的工人。听说梦高中毕业后被招聘到当地电视台工作，我们的联系就很少了。

二

　　不知道为什么，记忆中梦的身影在我的脑海里由朦胧渐渐地清晰起来。她是我心中的一个梦，如幻如梦，美丽得那么缥缈，就像天边的云，飘浮不定。我的心里就像疯长的草，乱乱的，一种雾一样的忧伤笼罩着我。真想能见到她。

　　一个飘雪的日子，我们真的相遇了，万千欣喜，有好多话要说，竟不知从何说起。"你还好吗？"我关切地问梦。她淡淡地如丁香般地笑了笑说："还行，你现在怎么样？""凑合吧。"我说。我打量了一下梦，她留着一头短发，比学校时候的她平添了几分成熟的妩媚。邂逅是短暂的，但是，在我的记忆中，那个飘雪的日子既难忘又美丽。

　　此后，一种说不出来的烦闷时时困扰着我，不得解脱。日子过得百无聊赖。电视里传来了熟悉的音乐："莫名我就喜欢你，深深地爱上你，没有理由，没有原因；莫名我就喜欢你，深深地爱上你，从见到你的那一天起……"我沉浸在这优美的旋律中。我仿佛又看到了梦。难道我爱上了梦？这想法连我都不敢相信，梦是一只高傲的白天鹅，咱既没有显赫的门庭，又没有万贯的家财，咱是一名普通的工人，咱能配得上人家吗？难道爱也分界限吗？我想。鲁迅先生曾写过这样的诗句："我的所爱在山腰，想去攀她山太高。"既然是男子汉，就应该敢爱敢恨，勇敢地去攀登，哪怕万丈山高。我写了一封情书，向梦表达我的爱。

三

亲爱的梦：

你好！这是爱的宣言！许多年以来，我一直悄悄地把你思念！自从见到你的第一眼，心海便刮来飙风，起了波澜……"燕子时时叫，相思又一年。"春天是播种的季节，让我们播种爱吧，期待它生根、发芽……

不怕你笑话，我长这么大还是头一次给女孩子写情书，我坐在书桌前写这封信的时候，心情紧张得很，想了半天，搜肠刮肚，费了好大劲才写出来。我怀着忐忑不安的心情，偷偷地把信寄给她，不知道她看了信以后能不能接受我，心里嘀咕着。寄出的信如泥牛入海，让人心里没底，日子在度日如年中等待着。她的沉默令我困惑，是默许或是拒绝，我无从得知。为了心中的梦不再缥缈，我只有一封接一封地给她写信，我傻傻地坚持。因为她对我太重要了，如果没有她，我不知我的世界将会怎样。

我的爱就像一座沉默的火山，孕育太久就要爆发。我终于鼓起勇气，给她打了个电话，问她信收到没有，想见一见她。可能是紧张的缘故，听到我的声音，梦像一只受惊的小鹿，我在电话这边明显感觉到她接电话时的惊慌，"你千万别来，来了我也不能见你，我已经有男朋友了，上次请假就是去他那儿了……"我才不信呢。听朋友说，她上次去外地看她的父母。即使她真的有男朋友了我也不在乎，我可以被拒绝，但我也有爱的权力啊！爱让我成为一个真正的男子汉，在一个蒙蒙细雨的上午，勇敢地敲响了她家的门。

"咚、咚、咚"，敲门时，我的心紧张得都快要跳出来了。门平静得像一潭湖水，扔下一块石头也不能泛起水花。"咚咚咚咚"，不开门我就继续往下敲。敲了一个多小时，我的手指突然一阵疼痛，才知道手指被敲破了一层皮。我伤心极了。我真的太傻了，梦一定是怕见我躲了起来，我还蒙在鼓里。原以为能用我的执着和真诚敲开这扇门，但是我错了，这何止是一扇简单的门啊！这还是一扇用金钱、地位打造的世俗之门。该死的门！我狠狠地诅咒它。沮丧的我狼狈地逃离了那个伤心之地。

回到家里，我的衣服被雨淋透了，额头上的头发还滴着水。我拿起了笔，给她写了这封信：

昨夜，风吹落了花，雨打湿了双眼，一颗受伤的心流血了。原想给你春天般的爱，你却把我拒之在门外；原想给你深切地关怀，你却回报我一种伤害，爱你爱得好无奈，生活也失去光彩……

四

"问世间情为何物，直教人生死相许。"

都云相思苦，谁知此中味？我为她朝思暮想，魂不守舍，相思成疾，无药可医，我是不是太贱了？是不是每个男人在追求女人时都会变得又傻又痴？其实我也知道我这是一厢情愿，我和梦之间是没有结果的，但是我不甘心，我不能遇到点挫折就这样轻易地放弃她，爱让我不顾一切再一次敲响她家的门。

"咚、咚、咚！""谁？"里面的人问，我没吱声。我知道这是梦的声音，她正从门上的"猫眼"往外窥视。"谁？"她又问。"你不是看见了吗，还问，把门给我开开好吗？我想和你谈谈。"她不但不给开门，还让我走，说她脾气可不好，再不走就打"110"。这吓唬不了我，我追求一个我喜欢的女孩子犯什么法了？我继续敲门，她的心真硬，就是不给开。我听到屋里传来的电视声很大，而且不断地在换频道。过了一会儿，梦终于开口了，说让我下午来。戏剧性的一幕拉开了。

我如约来到了她家，梦这次开门让我进去了。"这是我的男朋友"，梦向我介绍说。"认识你很高兴"，我微笑着主动和他握手。我坐在沙发上，梦礼貌地给我倒了一杯水，之后，她和那个男孩坐在我的对面，闲聊中得知，此人姓王，是刚走出校门的大学生，是梦的高中同学。由于他在场，

我也不便说什么。其实梦没有必要把他找来，因为这是我俩的事，应该由我俩自己来解决，我静静地坐在那里，看着他俩在我们对面有说有笑。从梦和王两人的眼神中，我一眼就看出来他俩是在演戏，因为情人之间的眼神是那种炽热的、含情脉脉的，而他俩没有流露出这种眼神，我敢断定，他俩只是普通的朋友关系。之所以导演这出戏，是梦一手安排的，她想让我相信她真的有男朋友，想让我死了这条心。他俩的这出戏演得并不很精彩，漏洞百出，但我当时并没有揭穿它。因没有机会表达，我在她的一本书的空白处写了许多掏心话，还有这首《秋怨》：

今秋月正圆
愁绪满天
金玉难结缘
悲惨人间
一片痴情惹人怨
秋风瑟瑟吹心寒
人肠断
留下千古遗憾

五

走出梦的家门，我也说不清到底为什么如释重负。一段时间以来，我就好像做了一个梦，梦中追求一个女孩，让我身心俱焚。幸好现在，噩梦终于醒来，我从痛苦中得到了解脱。

后来听说，梦嫁给了一个有钱有势的大老板的儿子。梦毕竟是一只金丝鸟，普通的笼子怎么能留住她？我不知道她和那位公子哥儿之间到底有没有真爱，但是，我还是深深地祝福她，因为爱就是给予。

问世间情为何物，直教人生死相许。

梦，如果有来生，我们可否再续前缘？

载于《情感读本》

每个人都有追求爱情的权利，付出了就好了，至于以后能否在一起并不重要。

站出来，体验更大的世界

文 / 奇清

人生要不是大胆地冒险，便是一无所获。

——海伦·凯勒

站出来，就是机会。

2006 年，听说国内召开互联网大会，18 岁的他立即报了名。或许因为他的年龄太小，或许是国内第一次召开这样的会议，要发言的人太多，会议并没有安排他发言。但是，他找到会议组织者，说："请给我 5 分钟。"

登台后，他用了 2 分钟的时间对第二代 WEB 页面互动技术的开发和服务延伸作了简短的介绍，用 3 分钟演示了娱乐服务盈利的模式及 FLASH 加载影音技术。就这样，他终于迎来了人生和创业的转机。

会议一结束，美国新闻集团的最大股东格林斯潘基金公司的秘书找到他，表示投资 900 万美元入股的意愿。于是，格林斯潘与他共同建立了银光网络技术有限公司，这是当时格林斯潘在中国投资的 6 家企业中唯一的一家网络公司。

半年后，公司凭着斐然的业绩，成功在美国纳斯达克上市，他因此成为 19 岁就让企业在纳斯达克上市唯一的 CEO。他是 1988 年出生于山东临沂市费县城郊一个普通农家的徐瑞明。

4 岁时，一个剧团到徐瑞明的家乡演出，中途要小朋友上台互动，当别的小朋友直往后缩时，小瑞明却忽闪着明亮的大眼睛，迈动着稚幼的脚步一路往台上跑去。由于一点儿不怯场，表演出色，剧团赠给了他一台录放机，这让他十分高兴。此后，有机会他就"站出来"，没有机会也往往争取机会走上前台。

在他上小学五年级时，他们那儿刚刚兴起网吧，当同龄的孩子尚在网吧前徘徊，或进了网吧拿着钱观望时，他已在网上开始攻城略地了。不过，喜好新鲜的他只一年对网游就厌倦了，开始利用自己的绘画爱好，在网络上学习画画。更让小朋友们惊奇的是，很快他创作的动画就像模像样了。如同闯入奇妙城堡却又对什么皆感兴趣的他，一路追逐着新鲜，不久又迷上了电脑编程。

14岁时，他利用学到网络绘画技术和积累的经验，在网络上建起了自己的"仙之族"网站，这时他又一头扎进动画创作中，不到一年就创作出了多部长达3分钟的动画作品。作品一经放到网站上，就被业内人士发现其价值，以可观的价格买了去。这更是让他领略了网络的无限风光，于是确立了在互联网领域开创出属于自己一片天地的人生目标。

16岁时，他考入了一所省级艺术院校，本来他希望通过网络与艺术的结合，走出一条创新之路。进校后，却发现学校的教材、教育方法都十分落后，只待了16天，他就选择了放弃学业，直接去创业。

经过两年的刻苦钻研，他从FLASH领域到制作企业网站，但都没能让他发现可以作为最终发展目标的东西。然而一个"亮点"终于照亮他的心扉。

一天，有朋友把一部手机插在一本厚厚的书中，对他说："你看，我让手机站立起来了，把它当电视用，可里面没有值得一看的内容。"朋友的"抱怨"让他发现了手机存在着的巨大商机，他琢磨着，要开发出一种全新的产品，向爱玩手机的客户提供网络应用服务。于是他与好友沈杰伟、吴高远一拍即合，共同出资400万元，成立了山东机客技术有限公司。

"机客"即手机客户之意，公司创立后，年龄最小的他担任董事长。凭着熟练的技术，他精心建立起了"机客"网，用户登录后，按照品牌及机型，直接点击进入这款手机的应用商店，寻找并下载自己感兴趣的内容。

功能主要包括手机游戏、手机软件、手机主题、短信祝福等。

在得到格林斯潘的投资后,机客公司和银光网络皆呈跨越性发展。目前,"机客"的手机客户端取得世界级领先水平,并被安卓、苹果、塞班等多家手机厂商作为内置,机客已为187个品牌2万余款手机型号提供手机增值内容服务,成为全国最大的手机应用商店。

徐瑞明现拥有5家独资或控股公司,2012年以5.1亿元资产市值被列入福布斯全球30岁以内的30名创业企业家榜单;2014年3月,他再次登上《福布斯》中文版名单,被IT业内人士称为"网络小巨人""山东小盖茨"……

2014年5月4日,作为第八届"中国青年五四奖章"获得者,在人民大会堂参加了"我的中国梦——奋斗的青春最美丽"优秀青年座谈会,受到国家副主席李源潮的接见。随后,他还有幸与众多优秀青年一起同习总书记畅谈"中国梦"……

他要做青年人创业的"孵化器",给更多怀揣创业梦想的青年人提供创业平台。由此,徐瑞明打造了3万余平方米的青年创业园,并投资成立了"创业基金",为大学生创业期项目给予投资引导。他还要投入更多的科研经费,打造出更高端的创业研发平台,为青年提供广阔的创业就业空间。

台湾科技精英郭台铭说:"成长来自什么?胸怀千万里,心思细如织。"敢于站出来,走上人生的前台,你之宽广的胸怀就能让你体验到一个更大的世界……

载于《智慧背囊》

> 人生的成功就在于走出去。走出去意味着接受挑战,也意味着发现机遇。

第三辑

别错过那个最好的自己

可是他想告诉女儿的是，人生的分岔口虽然很多，但是不可以从一开始就选错了方向，错过了那个最好的自己。

"理想"的副产品

文 / 涂丽

世界上最快乐的事,莫过于为理想而奋斗。

——苏格拉底

小雅是我的儿时好友,今天,我想说说她的故事。

1994年,小雅才12岁。在小城的公园里,她遇到了几个写生的美院学生。许是看她可爱吧,几个学生给小雅画了几幅肖像。看着碳素笔在纸上轻快地飞舞,小雅心中崇拜极了。从此,当一名画家,成了她心中唯一的梦想。

从临摹课本的插图开始,她把所有的时间都用来学画。后来,又去了当地的艺校,再后来,她去了省城的美院,拜一位很有名气的教授为师。小雅对画,是很有天分的,才两年的时间,她的画,就开始刊登在一些少年杂志的封面上。在小城的校园里,引起一阵不大不小的轰动。

由于小雅一心扑在画画上,中考时,成绩优秀的她,只上了一所末流高中。高考,又是惨不忍睹,连专科都没考上。家中的亲友都在心中叹息,要不是迷上了画画,本来是能上二本的。

没有了退路,小雅更加勤奋地画画。整整三年,她每月去省城的教授那儿上两节课,其余的时间,全部窝在家里画画。渐渐的,在小城的美术界,也有了点名气,但是,离小雅大画家的梦想还远得很。

说到小雅，她的母亲就开始叹息，这孩子画画着了魔了，那东西能当饭吃吗？

后来，小雅的父亲生了重病，失去了工作，一家人的生活陷入了困境。

为了生活，小雅决定放弃画画去找一份工作。那天晚上，看着一屋的画布画笔，小雅潸然泪下，近十年的努力就这么白费了吗？

经过一些简单的电脑培训后，小雅进了一家广告公司，做视图设计。由于有着多年的美术功底，小雅对色彩有着超乎寻常的感触力。几乎每一幅广告作品出来，都大受好评。一年后，老板开出了年薪十万的高薪。再一年后，一个著名学府的青年讲师，与她携手步入了婚姻殿堂。

虽然小雅暂时没能成为一名出色的画家，但是，我知道她所有的努力都没有白费。正是那些看似徒劳的默默付出与努力，成就了她今天的人生。

努力会产生副产品，就像小雅。也譬如我，本来是立志当一名作家的，不经意中，成了一名出色的记者。还有邻居珊珊，学了多年的音乐，虽然没能成为一名万人追捧的当红歌星，但是，却成了小城里家喻户晓的声乐老师。

所有年少的梦想都太高太远，但是，所有的努力都不会白费。因为"努力"衍生的那一点点副产品，已足以滋润并成就我们平凡的人生。

载于《特别关注》

成就梦想的前提是你得敢做梦。一个连想都不敢想的人怎么会成功呢？所以勇敢一点，去守护你的梦吧。

青春过道里的"狭路相逢"

文 / 龙岩阿泰

友谊是培养人的感情的学校。

——苏霍姆林斯基

一

张扬是我的初中校友,在隔壁班学习。

一开始,我并没有留意相貌平凡的他。

如果不是学期初的某天,操场上有个女生大声喊:"章洋!"我们不约而同地一齐转身,在根本不会知道那个站在我身旁、和我差不多高的板寸头男生的名字跟我的名字竟然是谐音。

我叫"章洋",一个挺女性化的名字,如果仅看字面,和那个叫"张扬"的男生实在没有任何关联。不过,名字更多时候都是嘴上叫的,这两个相同的名字常常让我们陷入尴尬。

我不知道,对此他是什么感觉,但对我而言,我觉得特别窘迫。以至于后来,当我离开教室,听到别人叫"章洋"时,我都不敢轻易回头,生怕别人叫的根本不是我。也正因为这样,同学们误以为我是个"傲气十足"的人,慢慢地不再理睬我。

我觉得很委屈,也很恼火,心里甚至有些怨恨那个张扬。

二

我的同桌白莹是一个性格温婉、说话时细声细气的女孩。

有一次,她突然不搭理我了,连我主动找她聊天都碰了一鼻子灰。我回忆自己做过的事、说过的话,想着是不是什么时候得罪了她,却始终想不出个所以然来。

"你耳朵没问题吧?"在我的追问之下,她漠然地反问我一句。

"我耳朵好好的,什么问题都没有!"我觉得太委屈了,我愤然地提高嗓门。"你还有理了,那天我叫你几声了,你都不应我……"白莹突然眼眶泛红。

了解事情的始末之后,我告诉了白莹关于隔壁班张扬的事,讲了我常让人误会时的委屈。

白莹不信,我便拉着她来到隔壁班的教室门前,大喊一声:"张扬!"不出我意料,张扬就乐呵呵地跑了出来,问:"同学,找我呀!"我没理睬他,把目光投向白莹。

白莹看着张扬,怯怯地问:"你们的名字听起来一样呀?"张扬点点头,笑嘻嘻地说:"是呀,我叫张扬。你们找我有事吗?"我瞥了他一眼,转头对白莹说:"现在相信了吧?就因为他,我都不敢在别人叫我时轻易应答,就怕叫的不是我。"白莹听完我这话,陷入了沉默。

这时,张扬热情地对我说:"我们正式认识一下,毕竟名字是谐音,这是缘分呀!"说完,他伸出手,一脸期待地望着我。

"有什么好认识的?我一点都不稀罕。"我拉起白莹的手,转身就走。

"神气什么呀?没礼貌的丫头。"他居然教训我?我愤怒地转过头去,瞪着他说:"你说什么?你有礼貌的话,麻烦去改个名字,真是烦死我了。"

"我行不改名,坐不改姓,凭什么要改?我觉得张扬这名字挺好的。"他自信地说,末了还冲我眨了眨眼睛。

"抛什么媚眼？和你同名真倒霉。"我骂骂咧咧地走开，再和他争下去，我不知他还会说什么话来。

"洋洋，那个张扬挺有意思的，你干吗对他那么凶呀？"白莹回到教室后，轻声问我。

"他有什么意思？满肚子坏水，没感觉到吗？"我愤愤地说。

白莹不置可否地望着我，慢声细语地说："是吗？"

三

"嗨！你好！"此后，张扬每次看见我，都会远远地跑过来打招呼。真搞不懂他葫芦里到底卖什么药——我对他并不友好，他怎么还能面对我笑得那么自然？

"好什么好？我一点都不好。"我没好气地说。最近，就因为我们俩名字是谐音，居然有八卦传言说我们"在一起了"，真是冤死我了。

期中考试结束后，学校公布了考试成绩，我这才知道张扬是尖子生，他的分数和我一样高，我们名列榜首。然而，再度让我郁闷的是，老师把他的名字写在我的名字前面。班上的同学更是议论纷纷，居然还有人说："这两个人还真是默契，连分数都考得一样！"

我气鼓鼓地不吱声，胸口却堵得慌。这张扬，自从我们认识后就三天两头跑来找我，害我连解释的勇气都没有。多说无异于越描越黑。

面对我不友善的态度，张扬倒也大度。我瞪眼时，他还是一脸笑容。白莹已经跟他熟识，他过来找我时，都是白莹在跟他说话。我坐在旁边，就像一个局外人。望着窗外的天空，我时常想：如果他不叫张扬，我是不是就不会这么讨厌他？

他真是一个强劲的对手，每次考试，我们的分数要么一样，要么紧挨着，第一名在我们之间轮换。我再也无法像过去一样，一直独占鳌头。

虽然表面上我装作不那么在乎名次，其实打从心眼里想每次赢过他。

我于是在学习上更用功，天天早起晨读，也放弃傍晚时散步这一休闲活动，把时间都用来解难题。初二新增物理课后，我学得有点吃力，每天加班加点，下定决心要征服物理。

尽管维持着名列前茅的成绩，我却感觉自己快要累垮了。

四

"章洋，我想麻烦你一件事。"一天放学时，张扬在校门口等我。

我懒懒地瞟了他一眼，不知他找我何事。

"可以吗？"见我没吭声，他又问了一句，"这段时间，我老感觉英语学得吃力。我知道你英语很棒，想请你帮我。"他倒是慧眼识珠——我从上幼儿园起就开始学习英语，加上我那早教意识强、大学里又主修英语专业的老妈一直训练我的英语口语，因此，初中英语对我而言确实是小菜一碟。

"板寸头，我帮助你，有什么好处？"我问他。从我和他熟悉后，我就一直叫他"板寸头"，怎么也不愿叫他"张扬"，因为那样感觉怪怪的，像在叫自己。

"你要什么？只要我能够做到的，我答应你。"他说得十分诚恳。不过，一时半会儿我还真是想不出要什么好处，于是说："我暂时还没想到，等我有需要时再说吧。"

他笑逐颜开，露出白白的牙齿，眼睛眯成了一条缝。

我转念一想，这板寸头，该不会有什么坏主意吧？看他乐得多开心呀！我突然就意识到一个多月后要进行期末考，原来他是想补上他的"短腿"，可是谁又来帮我补"短腿"呢？那要命的物理，我学得那么辛苦。

在他转身离开时，我赶紧叫住了他："等等，板寸头，我想好了，我帮你补习英语，你帮我补习物理。"

"OK！"他毫不犹豫就答应了。

接下来，我们约好了补习的时间。在互相补习的过程中，每次我教他英语不到十分钟，他就说要调节一下神经，然后拿出物理书，给我讲解那些让我头痛的习题。他的思路清晰，讲得更是深入浅出，令我茅塞顿开。在他的帮助下，我对物理从恐惧变成了喜欢，就连物理老师都惊讶我的进步。

我暗自高兴，只要我能顺利拿下物理，赢过他的机会就更大了。

那一天补习时，我无意中看见了他的英语作文，于是我好奇地浏览起来。真是不看不知道，一看吓一跳——他的行文流畅，英文水平并不比我低。回想我们在一起互相补习的情形，我疑惑了——他是有意制造机会接近我吗？他想和我套近乎？还是……

这个"板寸头"太狡猾了——我为什么想着想着，心里却又莫名地漾起一丝甜蜜？

五

心里有事，我就藏不住。

在一次补习时，我冷冷地盯着他问："这么简单的语法知识你也需要我来教？你到底有什么目的？"

其实我希望他说出他想接近我，但我没想到我在以绝交相逼下得到了另一个解释。这个解释吓了我一跳，也让我感动不已。

原来，他有一次和白莹聊天时，偶然听到白莹说我别的科目都学得很轻松，单单被一门物理搞得焦头烂额。白莹只是随口一说，他却记在心里了，于是便有了往后的故事。

张扬说："洋洋，我了解你的个性，知道你一直把我当成最强劲的对手。当然，我也一样。和你这样的高手竞争，我充满了斗志。当我知道你在为物理苦恼时，我唯一想的事就是帮你赶走这个'拦路虎'，让我们的竞争才更公平些……"

看着一脸真诚的张扬，我感动得说不出话来。

他想着怎么帮我，我却把他想得那么坏……我的眼眶里滚动着泪珠。

六

初中三年里，我和张扬从来没有停止过竞争。

就像张扬说的："有对手的青春才不会寂寞，有对手的青春才更加绚丽多彩，有对手存在，我们才能成为更好的自己。

我十分认同张扬的话。

在青春的过道里，我们"狭路相逢"。相逢之后，我再也不害怕物理了，这是张扬的功劳。而张扬说，他习惯并且喜欢上了这种在竞争中不断提高自身水平的学习方式，这让他一直保有旺盛的精力。

我们之间的良性竞争，让青春的旗帜迎风飘扬。

载于《中学生·青春阅读》

青春里的狭路相逢，压根儿就没有所谓的最后的赢家，如果真有，那就是实现了"双赢"吧。

我们都曾有过一把"绿椅子"

文/李良旭

> 如果我们能真正地举重若轻起来,至少在表达上,该是多么好。
>
> ——七堇年

20世纪70年代中期,那一年,我刚17岁,还是一名中学生。那时,还处于"文革"后期,人们的思想还十分封闭,对情与爱,灵与欲,更是被深深地压抑着。

我有一个好朋友,名叫许冬强,他生活在一个单亲家庭,和父亲生活在一起。他和我一样大,已长成一米八的大个子,喉结高高地凸起,说话也粗声粗气的。他性格内向,但他和我却是很要好的朋友,有什么心思,总爱向我吐露。

有一天,许冬强悄悄地问我:"什么叫偷人?"

我第一次听到这个词,感到很好奇,就问他:"我只听说过有人偷东西,没有听说过偷人,你怎么突然问这个问题?"

许冬强脸上忽然露出一丝淡淡的忧伤,他轻轻地说道:"没什么,我也只是随便问问。"

看到许冬强欲言又止的样子,我感到很疑惑。吃晚饭时,我突然想起白天许冬强问我的问题,就问母亲:"妈,什么叫偷人?"

母亲听了，脸上立刻露出惊愕的神色，问道："你怎么问这个问题？"

看到母亲严肃的神色，我只好嗫嗫嚅嚅将许冬强向我问的话对母亲说了。

母亲听了，脸上浮现出一种复杂的神情，说道："这孩子，这是大人的事，也跟着操这个心干吗？偷人，是指男女双方有不正常的私情。"

原来偷人是这么回事，可许冬强为什么要问我这个问题呢？

教我们语文的孟老师是一个三十多岁的离异女人，眉宇间，常常显现出淡淡的忧伤。这种淡淡的忧伤，更衬托出她一种成熟、丰腴的美感。我们许多同学常常在背后悄悄议论，她长得真美，我长大了就娶她当老婆。

许冬强悄悄地告诉我："他很想孟老师，孟老师是天下最美的女人，如果孟老师将来能当自己的老婆就好了。"

我听了大吃一惊，心里不禁涌出淡淡的酸涩：他怎么也有这个想法？怎么和我的心里想法一个样？

孟老师对我们学生十分亲切，同学们有什么不懂的地方，她总是耐心、细致地讲解。她对我们总是那么和蔼、那么可亲，特别是她会讲许多迷人、神奇的故事。她常常讲冰心的《超人》《往事》《冬儿姑娘》《小桔灯》等等。那些美丽、动人的故事，常常让我们听得如痴如醉。

在那个文化生活十分匮乏的年代里，听到从老师嘴里讲出来的这些故事，不啻是我们这些孩子们生活中最幸福的一件事。在我们的眼里，她就是智慧的化身，我们许多同学都深深地爱上了这双眼睛，爱听她讲课，爱听她那永远也讲不完的故事。

上课时，每当孟老师从我的身边走过时，我就会闻到她身上散发出来的一种好闻的味道。那味道，真的让人陶醉。

有一次，她伏在我身旁，向我指出作业上的错误。不觉中，她的一缕发丝垂到我的脸颊，那一刻，我感到十分幸福，很想伸出手，去抚摸一下她那柔软的发丝。

　　一天下课后，孟老师把我叫到办公室。她从抽屉深处取出一本书，在书的扉页上写下一行字："一分耕耘，一分收获。"

　　她把书递到我手里说道："你作文写得很好，好好努力，无论将来生活发生何种改变，都不要放弃。这是我送给你的奖品，好好看看，要保存好。"

　　我接过书一看，原来是我国著名作家冰心著的《寄小读者》。早就听说有这本书，可是从来没有见过，没想到老师竟把她心爱的这本书送给我，这里面饱含着老师对我多么大的希望啊。我激动地将书紧紧地贴在胸前，那一刻，我感到自己是天下最幸福的人。不知怎的，那一刻，我心里突然有了一种冲动和渴望……

　　许冬强大概被内心的思念所折磨，他竟大胆地给孟老师写了一封信，信中向老师倾诉了他对她的思念，他让老师等着他，等到他长大了，就娶她当老婆。

　　听到许冬强对我说，他给孟老师写了一封信，吓得我目瞪口呆。我说："在心里想想就算了，怎么还给老师写求爱信？你这不是疯了吗？"

　　许冬强听了，两眼闪烁出一缕幸福的光芒，他缓缓地说道："我没有疯，这是我内心真实的想法，我必须要说出来，无论结果如何，我都会坦然地接受。"

　　老师来上课了，我紧张地望着孟老师，心怦怦地跳个不停，心想，这下许冬强要挨批评了，而且还要出丑了。

　　出乎意料，孟老师很平静地上着课，就像什么事也没有发生过似的。这堂课结束时，孟老师放下书本，眼睛深情地望着台下一张张青春洋溢的脸，目光中流淌着水一样的柔情，只听到她缓缓地说道："同学们，你们现在就像是挂满枝头的那一只只青涩的苹果，要等到苹果成熟的时候，还需要经历日晒雨淋的浸染，还需要经历虫害、病菌的侵袭，才会慢慢成为熟透了的苹果。同学们，随着年龄的增长和将来走向社会，你们将会认识更多的人，在那些人中间，一定会有一个美丽的女孩子或者男孩子，会与你十指相扣，共同走向美好的人生。到那时，你一定会充满激情地说道，'亲爱的，你就是我一生相依相偎的依靠'。"

老师充满情感的描述，在我们每一个男生和女生的心里，荡起层层涟漪，温暖在我们每一个人的心中。我看到许多男生羞涩地低下了头，许冬强更是将头深深地低下。

老师脸上露出一缕幸福的红晕，她说道："下个星期，我就要结婚了，他就是我们学校的张老师，他的爱人因病去世已3年了，这些年来，他一个人带着个孩子的确很不容易。在共同的工作中，我们产生了感情。同学们，我希望得到你们最真诚的祝福和热情的掌声。"

老师讲完了，寂静的班上突然响起了热烈的掌声，许冬强还带头站起身来，用力鼓着掌，他的眼睛里闪烁着一丝晶莹的泪花……

许多年过去了，我们当年的那些同学回到母校参加同学聚会，孟老师也被邀请来参加我们这些同学聚会。孟老师老了，她成了一个满头银发的老太太，满脸的皱纹，似乎早已看不出当年的丰腴与美丽。她看到我们这些风华正茂的年轻人，脸上露出慈祥的微笑。

许冬强走到孟老师跟前，轻轻地拥抱着孟老师，然后，他笑着问孟老师："您还记得当年给您写信的那个青涩小男孩吗？"

孟老师脸上荡漾出一丝幸福的红晕，笑道："记得呢，谢谢你！你那封信，让我看到了自己的美丽和青春，成为我人生中最美好的回忆。那是你们青涩年纪里，一种爱的萌动，青涩而美丽。它让你的一生，多了一份回忆和温暖，刻骨铭心，悠扬而深远。"

孟老师的一番话，引起大家一片温暖的笑容，大家一个一个走到孟老师跟前，拥抱着她，嘴里亲热地喊了一声："孟老师，我爱你！"

孟老师笑了，那幸福的笑容，像盛开的菊花，婆娑、逶迤……

新近上演了一部韩国演片，名叫《绿椅子》。这部影片片头有这样一段

告白：但凡单纯男孩和女人都会经历这种情感，这是不可否认和回避的：由情生欲，由欲生爱。这部影片用积极的人生态度和人性宽容，为我们塑造了一个唯美的爱情故事。32岁的文姬和19岁的少年玄产生的感情纠葛，让我们看到了人性的欲望和真情，在观众心中荡漾出绵绵不绝的回味。

看了韩国影片《绿椅子》，我不禁流泪了。青葱岁月，在我们内心里，都曾有过一把"绿椅子"，这把"绿椅子"，虽然浇灭了我们欲望的火焰，但它让我们有了一瞬间长大的感觉。

载于《中学生》

那时年少，虽然冲动，但感情是真的，却不是正确的，感谢那些和蔼的老师，教会我们许多道理。

"90 后"主人的爱情

文 / 周月霞

爱情没有特定的法则。

——高尔基

我叫皮皮,是一条金棕色京巴狗,雄性,今年四岁半。小军的爸爸刚把我抱来的时候,我的头小得能钻进易拉罐的口里。小军的爸爸跟一个红头发女人走的那天,若不是小军苦苦哀求,妈妈就把我连同他爸爸的照片一起丢进垃圾桶了。

后来,一直都是小军为我做饭,给我洗澡,他有什么心事也都跟我说。直到小军读高三必须住校才把我交给妈妈照顾。

那不是小军的同学陶晶晶吗?陶晶晶站在路边好像在等人,没看到我。小军总是教育我说,撒尿得避开人,特别是女的。

小军说陶晶晶虽然没有妈妈好看,但比跟爸爸走的女人好看一万倍!他要追陶晶晶。我也感激陶晶晶,不是她的出现,小军是不允许我单独去楼下约见薛姨家的花花的。

皮皮——别跑远!跟着妈妈出来遛就是麻烦,一会儿就喊。

我整理好形象,绅士地从树丛里钻出来。有个男孩"噌"一下从我身边蹿过去,吓了我一跳!男孩不由分说就把陶晶晶抱了起来。陶晶晶一边挣脱,一边咯咯笑着骂那男孩,傻蛋,你来晚了!

男孩的背影很像谢霆锋,他挽起陶晶晶的胳膊,两人有说有笑往前走。

"姑娘,你有个弟弟,你爸爸是司机……"路边有个老头喊住了陶晶晶。

我知道那是个算命的,妈妈说的。有一次有个老头也追着要给妈妈算命,妈妈头都不回地说,只有老头老太太才信这个。可陶晶晶才多大啊,她怎么就站住了呢?

皮皮——妈妈又喊了。

陶晶晶往算命的老头手里塞了钱,拨开那男孩的手,凶巴巴地说了句:要真那样,咱们就分手!

陶晶晶前面走,男孩前后左右地追着她说话。

皮皮——快回来!妈妈这次急了。

我不能让妈妈着急,妈妈已经把我当他儿子那样疼了。何况小军还千叮咛万嘱咐地说,他不在家,让我一定好好陪着妈妈。小军好几个礼拜没回家了,妈妈给他打电话,他说,忙。也不说想我,哼!那我也不跟他说陶晶晶的事!

礼拜天,小军终于回家了。妈妈做了很多他爱吃的菜,可小军没吃多少,对我的热烈欢迎正眼都不瞧一下。

吃完饭,小军紧锁着眉头,似乎心事重重。他没有像往常一样跟我挤在沙发上看电视,我给他叼来的陶晶晶的照片,也被他狠狠丢在地板上。

陶晶晶!陶晶晶上电视了!我的叫声惊动了小军。

陶晶晶笑眯眯地依偎在那个帅气的男孩身边,男孩一只胳膊上缠着雪白的纱布。

有个瘪着嘴的男人把话筒递过去,问:"张健同学,是什么力量让你见义勇为、挺身而出和抢包贼打斗呢?"

男孩涨红着脸,嘴动了半天,才说,"那天有个算卦的说我懦弱、胆小、怕事、没正义感,晶晶不喜欢这样的男生……"

瘪嘴男人又把话筒转向陶晶晶："那你觉得你的男友是个勇敢的人吗？"陶晶晶眨眨大眼睛瞅了男孩一眼，用力点了一下头。

小军"呼"地站起身，嘟着嘴、阴着脸，走过去关了电视，径直地回了房间。我急忙跳起来跟了过去。

小军坐在床边不说话，我把头放在他的手里，看着他。他轻轻摸了摸我的头，叹了口气，声音哑哑地小声说："那个算命的，是我花了一百块钱，雇的……"

小军忽然把我紧紧搂到怀里，肯定是哭了，我脖子上感觉湿漉漉的。

我想，现在，我的"90后"主人需要我的安慰。我开始使劲儿舔他的脸。

载于《语文报》

我们为了追一个女孩子真的算是煞费苦心，年轻的时候大概谁都有些可笑的举动吧。

别错过那个最好的自己

文 / 林轩

在有生的瞬间能遇到你，竟花光所有运气，到今日才发现，曾呼吸过空气。

——陈奕迅《明年今日》

同学，你没事吧

梁青树第一次见到林小禾的时候，她正在泡桐树下对着落了满地的紫色花朵伤心地哭泣。

那是梁青树转到这个学校的第一天，满校的泡桐花在枝头如火如荼地盛开着。

教学楼后面幽静的小路上，林小禾的身影让梁青树想起《红楼梦》中黛玉葬花的情境。只不过，眼前这个女孩子哭势汹涌，无论如何也无法与纤细柔弱的林妹妹联系起来。

犹豫了一下，梁青树慢慢地向林小禾走去，一直到离她一米远的地方才战战兢兢，结结巴巴地开口："同……同学，你……没事吧？"

"啊？"

林小禾抬起头，脸上满是纵横交错的泪痕，清澈的眼神如同一头受了惊的小鹿，映着梁青树清晰的身影。她的背后，泡桐花扑簌簌地落着，凋零的花朵依然散发着浓郁的芳香。

"关你什么事？"她胡乱地用手背抹了一下脸颊便跑开了，留下他一个人在原地不知所然。

木乃伊的另一个名字

林小禾有个外号，叫木乃伊。

这是梁青树到了高一（3）班第二天知道的事情。在林小禾经过3班窗口的时候，他听到同桌与另外的女生小声嘀咕："看，木乃伊又出现了。"

他诧异地看向林小禾，却无论如何也无法与金字塔里那些丑丑的木乃伊联系到一起。

他好奇地问刚才说话的女生："为什么叫木乃伊呢？她姓木吗？"

一群人轰然而笑。笑完后，为首的女生撇了撇嘴："她是隔壁班的，叫林小禾，入学都快两个学期了，脸上除了木然，就没有人见过她有其他的表情。"话音刚落，另外的人也附和起来："就是呀，偶尔跟她说句话都感觉像是迎面扑过来一阵冷空气，傲什么傲，不就是成绩好点儿嘛……"

梁青树嘴唇动了动，没再说什么。他曾看过一本心理书上说，外在表现出来的，往往是内心最缺失的。他能感觉得到林小禾内心的柔软。

连续两周，他每天都能数次看到林小禾经过3班的窗口，春日的阳光斜斜地掠过她的脸庞，柔和的轮廓散发着淡淡的光晕，越发显得瞳人清澈透亮。他还记得林小禾第一次看见他坐在3班的时候，脸上闪过慌乱的神情，虽然只一瞬间便恢复了常态。

那天，梁青树照例在放学之后去教学楼后面的小径溜达，远远地就看见林小禾在泡桐树下站着。泡桐的花期已经接近尾声，嫩绿的树叶将要覆盖住淡紫色的花朵，它最美好的季节就要过去了。

看到梁青树走近，林小禾虽然依然一副冷淡的样子，可显然是鼓起了很大的勇气："同……同学，你……好。"

梁青树微笑着点头："你好，林小禾。"

她皱了皱眉头看向他："你怎么会知道我的名字？"

"呃……"梁青树挠了挠头："如果我说是因为你很漂亮，你会不会生气啊？"

还没等她说话，梁青树便调皮地冲她做了个鬼脸。林小禾愣了一下，随即忍不住"扑哧"笑出声来。

意识到自己的失态，林小禾红了脸庞："我来找你，是……那天你看到我……"

梁青树大气地摆摆手："放心吧，我不会告诉别人的。"

"那，谢谢你啦！"迎着阳光，林小禾的唇角依然带着笑意。这是梁青树第一次看到林小禾的笑容，美好的如同一朵盛开的泡桐花。

还是泡桐小姐更适合你。梁青树在心里默默地想。

泡桐小姐的悲伤

从那之后，梁青树有事没事总要去4班溜达一圈，他的目的无比明确，就是想要接近林小禾。他不想这么美好的女生被那个丑丑的名字包裹着，他觉得她应该拥有青春里所有最好的东西。

此后几个月，总能看见他乐颠颠地在林小禾跟前跑来跑去。虽然让同学们笑话了无数次，但好在功夫总是不负有心人。几个月过去，从最初的见面点点头，到后来只言片语的交流，到最后，他终于成为林小禾的第一个朋友，第一个她可以放心打开心扉的朋友。

他也终于明白，泡桐小姐的心事是一段灰暗沉重的梦魇。

他第一次见到林小禾那天，是林奶奶的忌辰。林小禾曾说，奶奶是这个世界上最爱她的人，可是却在她初三那年过早地撒下她去了天堂。

"梁青树，你知道吗？奶奶走的时候，我觉得自己是个孤儿了。"林小禾眼睛湿湿的。彼时，他听到这句话的时候，心里亦如同装满了千斤重的巨石，沉甸甸的难受。

虽然她被父亲接到了身边，可是父亲有妻子和孩子。更多时候，林小禾觉得自己是一个多余的存在。所以，从初三开始，她如同变了一个人，将悲伤深深地埋在心底，选择用孤傲掩饰那份强烈的自卑，她不想让任何人知道她残缺的亲情。只有梁青树除外。

夕阳下，她的侧脸清晰地勾勒着她的忧伤与倔强："梁青树，总有一天我要离开他们，远远的，再也不会见到。"

没有人能够阻止，做最好的自己

高二开始，文理分班，出乎所有人的意料，理科成绩一直名列前茅的林小禾居然选择了文科班。

秋天的傍晚总是显得格外忧伤，阳光如同水的温度，一点点凉了下去。仍旧是在泡桐树下，梁青树找到了一脸悲伤的林小禾。

看到他过来，林小禾扯了扯嘴角，红肿的扁桃体生生地疼着。当看着他像变戏法般将那一大袋泡桐花叶片递给她的时候，她的眼睛湿了又湿。

自从奶奶走后，她固执地再也没有尝过它的味道。而此刻，她小口地喝着杯子里的泡桐花茶，终于没控制住自己大哭起来。

林小禾的扁桃体好了后，在同桌梁青树给她的第一本数学笔记中看到这样一段话：

在分班之后，一位同学的父亲找到了我，并告诉我他用断掉学费和生活费为由逼着女儿选择了理科，因为他清楚地知道自己女儿在数学方面的天分。他愧疚的是自己没能给女儿一个健康的成长环境，导致了她的敏感脆弱，始终觉得他不爱她。所以他越督促她的地方她越是反其道而行，他曾说过让她好好发挥自己的天分学好数学，她却因此改变了人生的方向来报复他在她成长路上的缺席。

可是他想告诉女儿的是，人生的分岔口虽然很多，但是不可以从一开

始就选错了方向,错过了那个最好的自己。

临走时,他还留下了一袋泡桐花叶片让我交给那个女孩。

短短二百字,林小禾读着读着掉下了眼泪。她想起梁青树将花粉递给她的时候曾说:"没有人能够阻止做最好的自己,就连自己也不能。"

现在,她终于明白了这句话的含义。那么,谢谢你,梁青树。

载于《演讲与口才》

没有人可以阻挡我们做最好的自己,只有自己。可是,往往唤醒自己的是那些曾在你青春里停留的人。

迈过高四，我们都已长大

文 / 安一朗

我们终将上岸，阳光万里，鲜花沿路开放。

——张嘉佳

一

走进一中补习班时，大家都在埋头看书，谁也没在乎我的到来。经历过惨痛的高考，两个月的煎熬，已经渐渐磨平了棱角。不管过去成绩如何，不管来自哪所学校，会聚在这里的，都是高考的失败者。

在整理书时，怡静给我发了条短信，问我在干吗？我没回，她就在隔壁的文科班，刚刚才分开不到一节课的时间，又开始发短信，这以后的日子该怎么过？

怡静是我喜欢的女孩，我们是高一的同学，文理分科后，我们还是常常在一起。我不知道是不是像怡静说的那样，都是因为天天和我在一起，她才没考上理想的大学。但面对她忧伤的眼神，我还是颇为自责。

当初是我主动靠近她，后来我们常常一起逃课去看电影。我们喜欢旱冰场强劲的音乐，喜欢游乐园过山车风驰电掣的刺激，喜欢在温暖的阳光下背靠背地坐着，看天边的云，远处的山。很多应该看书、写作业的时间，都被我们"浪漫"地打发了。

二

怡静见我没回短信，一下课就找过来。她把一本书砸在我的头上，然后愤然地质问我："干吗？开始嫌弃我了？"我抬起头，瞥了她一眼："放学后我们聊聊。"

她瞪着我，一脸不快地说："我为什么要听你的？我回来补习，都是你害的，当初你为什么要对我那么好？现在又这样子。"她转身离开时，我在她眼中看见了闪烁的泪花。

我明白怡静的心情，她是当年的中考状元，却连一本都没考上。自从高考成绩出来后，她的情绪一直反反复复，只要我稍有一点不顺她的心意，她就会大发雷霆。我感觉身心疲惫，我要面对父母的责骂，面对她动不动就触发的无名火。

在放学后，我向怡静提出暂时分开。她狠狠地盯着我，咬着牙说："你是说分手吗？行，我答应你。"然后决绝地离开了。我了解怡静，她是个好强的女孩，她可以化悲痛为力量，这是我唯一能够为她做到的事。

三

怡静如我所料，自从我向她提出暂时分开后，她就像变了一个人。我知道她开始恨我了，恨我当初去招惹她，恨我在最需要关怀的时候，我却离开她，她把所有的恨都化作动力用在学习上。

从每次公布的考试成绩，怡静跃居文科补习班的第一名，只是我知道，最后的高考才决定成败，所以我没有软下心给她好脸色。她看见我时，不屑地嘲笑我："姓罗的，和你分开，是我做得最正确的一件事。就你那成绩，根本配不上我。"我知道怡静说的是气话，但当时心里还是会郁闷，我也很努力了，但成绩一直没进前五名。

写功课累时，我会听一首怡静拉的小提琴曲。怡静从小学就开始拉小提琴，拿过几次奖，我们在一起时，有一年，她刻了一张自己拉的小提琴光盘，当作生日礼物送给我。

沉浸在悠扬的琴声中，我仿佛能够看见怡静正站在和煦的晨光下，一脸恬静，目光清澈，她拉琴的动作轻盈、娴熟，修长的五指在琴弦上跳动，宛若翩跹的蝴蝶……

四

有一天，怡静的妈妈来找我，她很害怕怡静现在废寝忘食的学习状态，她说："又不是机器人，怎么可以这样呢？万一身体垮了，该怎么办？"我答应怡静的妈妈，我会想办法。

我在反省，是不是我把事情处理得太极端了？怡静这样下去，她的身体怎么能撑到高考？我看过一些关于高考前学习太紧张，最后无法参加高考的事例，心里开始担心怡静。

一天早上，我们在停车棚放车时遇到。怡静一看见我，脸即刻覆上一层霜，她冷冷地说："让开！别挡了本小姐的道。"她愤愤地转身时，却一下撞到了车棚里的柱子上。

看她痛得直皱眉头的样子，我淡然地说："连柱子都看不见了，是不是学习太用功了？你看小脸白得像张纸，原来考第一名是熬夜熬出来的，我还以为你有多神呢？"我故意打趣道。

怡静是经不起激的，并且听出了我的弦外之音。怡静生气地说："有本事你也考个第一，给本姑娘看看。"我笑着回道："我是没本事考第一，但我每天都睡得很香，哪像某些人，连睡觉的时间都在用功。"说完我就离开了。

五

中午放学,怡静果然等在校门口,她说:"我没你想的那么笨,敢不敢比试一下?"我欣然应战:"比什么?"

"你不是嘲笑我熬夜才考第一名嘛,告诉你,不熬夜,我也一样考得比你好。"她傲然地说。在我面前,她一直是个骄傲的公主,最怕我有丁点轻看她。"是吗,我可不相信。你熬没熬夜,我怎么知道?"我故意刁难她。

"那你说,怎么才相信?"怡静问。此话一出,正中我下怀:"至少要让我看见你红润的脸色,炯炯有神的眼睛,快乐的表情。"我们的比试就这样拉开序幕。

高四的功课都学过,所以我把重点放在"纠错"上,特别注意题型的变化,查漏补缺,强攻最弱的物理。每次考完试,成绩公布后,我和怡静不约而同都会等在回家的路上,说起话来,依旧"针尖对麦芒",但看见她已经渐渐红润起来的脸色,我就放心了。

六

"高四"这一年,我们都过得很充实。我为自己感到骄傲,我终于做到了我答应怡静妈妈的话,我们通过自己的努力,终于都考上了自己理想中的大学。

接到录取通知书的那天,我给怡静打了一个电话。我说:"回想起来,过去我们整天腻在一起,浪费了太多时间。我们耽误了彼此,也伤害了深爱自己的父母。我们曾错误地以为及时享乐是天经地义的事,但我们没有看见父母为我们荒废学业时焦虑的眼神……"我说着,电话那头的怡静在悄悄哭泣。

"高四"这一年的相处方式,让我们学会了重新审视自己,分清了孰轻孰重，了解到对一个人好，就是要让对方变得更优秀，而不是拉后腿。

"高四"这一年，我们学会了爱，学会了理解和宽容，也学会了体谅父母的良苦用心。我们通过自己的努力，破茧成蝶，为自己的高中生涯写下了一个完美的句号。

载于《演讲与口才·学生版》

很多人对"高四"是没有概念的，他们就像是一个特别物种的存在。可是，有过"高四"的人都知道那是自己这辈子最艰难和努力的一年。

初恋那件小事

文 / 积雪草

一次失败，只是证明我们成功的决心还不够坚强。

——博维

一个女孩，在高考之前的那一年早恋了，早恋的温度把女孩的心融化了，她迷失了方向，以为恋爱就是人生的全部。她和男孩双双相约，考同一所大学，念同一个专业，可以在大学校园里继续他们的爱情。

可是等到估分出来以后，所有的计划全部都被打乱了，男孩子因为早恋而影响到学习，成绩差强人意，勉强只够一所二流的大学。而女孩的成绩还是相当不错，虽然也受到早恋的影响，与她平时的成绩相比，也有所下降，但是却比男孩好很多。

报志愿的关键时刻，她做出了一个很极端的选择，为了能和男孩在一起，她决定放弃理想中那所心仪的大学，而是屈尊去报男孩想报的那所大学。

她的决定让父母大为恼火，恼火之余，开始苦口婆心地劝说，分析利弊，权衡大局，女孩不为所动，心硬如铁，去意已决。她的父亲，一个四十多岁的大男人，威逼利诱，怎么劝说都不听，明明知道那条路崎岖难走，明明知道那条路充满荆棘，明明知道那条路若走下去就不能回头，可是说什么她都听不进去，直急得父亲长叹一声，落下热泪。

她的母亲更是长吁短叹，吃不下饭，睡不着觉，一夜之间苍老了许多。人生之路，关键处就那么几步，考不上那是天分的问题，可是考上了，为了一段昙花一现的早恋小火苗而放弃，将来肯定会后悔的。早恋不过是人生中一朵美丽的小火花，每个人都会遇到，盛开时很灿烂，熄灭时很暗淡。怎么跟女孩说这个道理，她都听不进去。

那几天，他们家里的温度降到了冰点，每个人的脸上都挂着浓郁的化不开的心事，各路人马，亲戚朋友都被女孩的父母搬来劝说女孩，可是不管大家说什么女孩都不听，倔强而固执，最后女孩赌气之下，一个人去了南方一所遥远的大学。

时过境迁，早恋的小火苗熄灭了，女孩却因此付出了很大的代价，与自己从小就心仪的大学擦肩而过。虽然事情的结局不是最坏的结果，可是那段心智错乱的选择，既伤害了父母，也伤害了她自己。

仅仅只过了一年，假期放假，她从南方回来，她又回到从前的样子，开朗，自信，有幽默感，她的理智回来了，她身上那些美好的素质也回来了，比从前不同的是，她的话比从前少了许多，整个假期都在打工，学习，接触社会，接触不同层面的人群。

说起那段过往，她笑，说，不走弯路，那叫孩子吗？

这句颇有哲理的话让我沉思了许久，每个孩子都走过弯路，我们总是告诉孩子们，有些弯路不能走，我们总是以我们过来人的经验去阻止他们，可是我们有没有想过，当初父母何曾不是这样阻止我们，而我们听了吗？

当我们用我们的人生经验去阻止孩子们时，他们会听吗？

这真的像一个魔咒，像一个怪圈，我们都在这个魔咒和怪圈中走着自己的路，用自己的心去感受和认识这个世界，用自己的眼睛去抚摸和丈量这个世界，用自己的心灵去积累和体会人生的经验，哪怕撞到了南墙，折回来再重新开始。

　　有些弯路，是成长过程中的必经之路，别人无法替代你去感受，在弯路中积累足够多的经验和能量，才能支撑人生框架，才能成长。

　　成长就是一次一次地摔倒，一次一次地受伤，不断地摔倒和受伤之后，伤口结痂就是一次次的蜕变和成长。

　　成长是结痂的伤口上开出的花儿。

　　作家张爱玲在《非走不可的弯路》中说：在人生的路上，有一条路每个人非走不可，那就是年轻时候的弯路。不摔跟头，不碰壁，不碰个头破血流，怎能炼出钢筋铁骨，怎能长大呢？

　　走弯路不可怕，可怕的是，在一条弯路上走到黑；可怕的是，走在弯路上却不知道那是弯路。

　　当我们积累了足够多的人生经验时，就会尽可能地避免走弯路，就会认清哪一条路是我们应该走的路。人生不会一帆风顺，黄河九曲十八弯，历经劫难，最后才滚滚入海。

　　什么样的人生，有弯路做铺垫，有经验做底气，什么样的路在脚下都会走得坚实安稳，都会走得顺畅踏实，都会走得一生平安！

　　成长是伤口上开出的花儿，而弯路是成长的必经之路，那是成长所必须付出的学费。

载于《做人与处世》

　　弯路是每个人非走不可的，可是后来，我们却因为弯路使人生变得那么丰富，以至于你在后来说的时候都会说，真好，这个世界我来过。

我送青春一个你

文 / 胡识

总有一天我会从你身边默默地走开,不带任何声响。我错过了很多,我总是一个人难过。

——郭敬明

好一朵栀子花

我和阿青正式接触是文理分科后,之前我和她没说过任何一句话,虽然我们也曾在同一个班。用现在的话来说,阿青是一个名副其实的女汉子,"出口成脏"是她的一大特色,班里几乎没有男生愿意跟她有过多交集,我也不例外。

她总是昂首阔步地在讲台上用咄咄逼人的口吻发号施令。

"你们吵什么吵?书,读不下去给我滚蛋!"

"那个谁谁谁,放学后可别忘了打扫卫生,扣分了,我弄死你!"

"阿彪,你有没有把我这个班长放在眼里?"

阿青是蓝天中学的资深学霸,每科成绩几乎都能拿满分,在学校遥遥领先。她干起活来也是雷厉风行,每次做早操她准能在三分钟之内把我们班的队伍整得挺拔笔直,她前一秒叫大伙儿做"跳跃运动"时要跳起来,后一秒大伙儿就齐刷刷地手舞足蹈。因此,班主任——乐先生常夸她为巾帼英雄，得力干将。

我们坐在讲台下给阿青鼓掌，她的大眼球在眼眶里不停地滚动，活生生像乐先生躲在窗户外巡视我们。

每经历一次月考，乐先生就会调动我们的座位。

"乐先生，我求求你可千万别让我和阿青同桌啊！"我刚在心里祈祷完，噩耗就发生了。

"胡识，你去和周青青坐一块儿！"

"你的数学成绩简直差爆了！"

我慢慢地抬起头，阿青正好看着我，她的两根手指头来回地摩挲着嘴唇，"小样"。

我不寒而栗。

青春战斗记

可令我意想不到的是，阿青成了我的同桌后却出奇地对我好。每当虎头虎脑的阿彪嘲笑我是个大瘦子时，阿青一定会对他河东狮吼："滚！给我马不停蹄地滚！"

有一次，我在回学校的路上碰到两个小混混，他们把我逼进一条小胡同，叫我蹲下。个儿高一点的手上拿着一根木棍，另一个从地上捡起一块砖头，他们威胁我把钱交出来，否则打断我的腿。

我每个星期的生活费只有50元钱，都是妈妈靠卖菜挣来的。我把钱看得比我的命重要，我死死地咬着嘴唇说："我没钱！"我颤颤巍巍的双手紧紧地贴在布鞋上，我把钱都藏在了袜子里。

妈妈说，袜子有异味，强盗不会搜那儿。

可妈妈却忘了我那个穷县城的强盗也是他的妈妈抚养长大的。

小混混在我衣兜里没搜到一分钱，便将眼睛挪上我的鞋子，"快，把它给脱了"。

我将浑身的力气都集中到脚下，我的脚趾头就好像树根深深地扎进地里，不一会儿，我的双脚便被汗淋湿了。

小混混看我一点也不听话，开始急不可耐。个儿高的拎起木棍，"丫的，我揍死你"。

就在棍子快落在我肩膀的一刹那，一阵咆哮声从不远处传来："你们在干吗呢？还不快滚！"

我们仨在同一时间抬起头，阿青就像周星驰电影里的包租婆，嘴里叼着一根牙签，瞪大着眼睛，咬肌像隆起的小山丘，肱二头肌和肱三头肌在激烈地打斗。

"呸！"阿青吐掉牙签，捏紧拳头。

小混混"嗖"的一声从地里站起来，瞅了瞅我，又转向看着阿青，他们的脊柱在发抖。

"还不快滚！"

小混混连滚带爬，吓得屁滚尿流。

那天，我才知道阿青的哥哥是市武术协会的会长，阿青也学过跆拳道。她周末喜欢在胡同出没，专门镇压小混混。

原来你是独角兽

青春校园小说风靡蓝天中学时，我在校门口的书店办了一张会员卡。我每天会花一毛钱从那里借书，然后上课时就趴在桌洞里偷看。

起初，阿青总会在我不听讲时，揪着我的耳朵说："阿识，你书还读不读？"

我点了点头，看了一会儿老师又把头低下。

但当有一次阿青借了我一本明晓溪写的小说《会有天使替我爱你》后，她就再也没管我了，她也成了这类小说的忠实读者。

我们开始聊起痞子蔡、安妮宝贝，还有阿青最喜欢的作家小狮。阿青

曾给小狮寄过很多明信片,可她从没有收到过回信。阿青看着一地的纯白色感叹说:"可能小狮老师太忙了吧!"那时,栀子花落满了校园。

阿青照样每个周末在胡同里出没,考全校第一,只是她说话时不再盛气凌人,重点是讲话不带一个脏字。她的这种质变简直震惊了全班。

古人有云,女为悦己者容,没错,阿青在小狮的小说里看到了自己的影子,她开始关注一个男生。

胡灿是一名转校生,比我们大一届,平时喜欢身着白衬衣,外搭一双帆布鞋,最大的特点就是不穿袜子。我曾向阿青吐槽说,胡灿营养不良,是个卷毛。可阿青越发两眼发亮,她说他有个性,还美其名曰是大帅哥的标志。

为了近距离观察胡灿,阿青专门配了一副粉红色的眼镜,她坐在窗口聚精会神地看着对面的教学楼,眼睛眨都不眨一下。有时候,看到胡灿用笔套捅捅鼻孔,阿青会笑得前合后仰,然后拍拍我的脸说:"阿识,胡灿真的好幽默耶!"有时候,看到胡灿趴在桌子上一动不动,阿青就会泪眼蒙眬地问我:"阿识,胡灿是不是不开心啊?"

我没有说话,甩给她一张大头贴。

阿青看到胡灿和另一个女生手拉手的画面,差点哭出声来。

原来他的每一条心情都与阿青无关,原来他守在奶茶店不是为了见阿青一面,原来阿青只活在自己的世界里,她是"独角兽"。

栀子花难说再见

阿青遇见胡灿的第一天是在奶茶店,她主动和他搭讪,还加了他的企鹅号,那时候阿青还是个女汉子。她每天中午匆匆地吃完饭就会跑到网吧找他聊天,然后总是心花怒放地对我说,他最近换了网名,更换了心情,又在杂志社发表了一篇小说,他的梦想是考武大,他喜欢樱花。

阿青看到小说里的女汉子成了天使,她也以为会有天使保护她。然而，现实生活中的青春故事大多都是相同的，你坐在窗口看风景，看风景的人却在楼上看你。在我们用温柔的眼光注视别人的时候，也有人在用同样温柔的眼光注视我们。

后来，阿青没有报考武大，去了北方，我则在南方的城市。

胡灿是我的堂哥，他并没有和大头贴里的女生拉手，他所做的一切都是我精心安排好的。因为自从阿青帮我打跑了那两个混混后，我就发现我喜欢上她了，这种喜欢可能还因为阿青的学习成绩让我羡慕不已。就好像有一天我看到一朵芬芳丰沛的栀子花从百花中脱颖而出，我便下定决心蜕变成一只色彩斑斓的蝴蝶。但当我发现那朵栀子花为别的蝴蝶动容后，我又会变成一只靠使用蜂针来保护自己的蜜蜂，哪怕自己最后葬身花海。

那时的我们羞羞涩涩，大大咧咧，总以为自己独一无二，不被改变。但当我们在最美的年纪遇到最好的那个人时，我们才会猛然发觉，其实，我们已经在和那段纯粹，青涩的青春告别。而告别的方式就是，我送青春一个你，你向北，一路珍重；我向南，一生平安。

载于《做人与处世》

北城以北，南城以南。最后的最后，我们终于失散，青春就是一场迅疾的相遇和错过。请记得那些年，我们有最美的笑脸。

第四辑

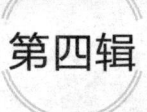

那段茉莉香味的青春

虽然自那以后，我和苏晓冉再也没有了交集，也没有机会再和她成为同桌，但每次打开她留下的那包茉莉香味的手帕纸，我总能嗅到那段与她有关的青春。

吃遍天下泡面

文 / 苗向东

> 一个人的特色就是他存在的价值，不要勉强自己去学别人，而要发挥自己的特长。这样不但自己觉得快乐，对社会人群也更容易有真正的贡献。
>
> ——罗曼·罗兰

2014年4月1日，福州一中王同学收到了美国罗切斯特大学的录取通知书。有同学听说后，说："别信他，今天是愚人节。"同学们知道，王同学学习不是最好，写作文不拿手，演讲也一般，玩电脑也不行，可以说没有什么很突出的地方，就是爱泡方便面，美国大学凭啥看上他？

说起吃泡面，王同学确实与众不同。王同学小时候，因父母工作的关系，白天都要上班，没法为他做饭吃，父母怕他自己开煤气不安全，于是干脆就给他买来方便面，让他用开水泡着吃。但不久就把他吃怕了，因为父母一买就是一箱，而且老是那么几种，很快他就吃腻了。可有一次他去新加坡，吃了那边的泡面后才发现，这世界上竟然有如此美味的方便面，于是他定下了一个目标，要吃遍天下方便面。

从那以后，他吃方便面是有目标、有计划地品尝。他不只是把吃方便面当应付、当成充饥，而是当作尝鲜与欣赏，开始不断地换牌子，每种牌子和口味的都尝试一下，看哪种好吃。各种牌子、各种味道的方便面他都吃过，什么康师傅、福满多、东三福、好劲道、统一100、面霸120、五谷道场。但他不满足，开始吃日本、韩国、新加坡等各地的方便面，甚至欧洲、美洲、非洲的方便面也想办法弄来，品尝的过程是一种极大的快乐与发现。后来他发现最合他口味的是：开杯乐意大利牛肉面，浓浓的番茄加上喷香的牛肉，丰盛的配料，无论是面条还是汤味都是他吃过最好吃的。排行第二的是农心辣白菜拉面，那辣味、酸味够威够力，最关键的还是面条，面条大小适中，弹性十足。他还把各种方便面的味道、风格记录下来，甚至有时作文也写方便面，他觉得一写起方便面，就如数家珍，文思泉涌。

后来，父母有条件为他做饭了，再加上他长身体，父母也想弄些好吃的给他，就让他别再吃方便面了。可到了高中，他吃方便面成了兴趣爱好，只要哪里、哪种方便面还没吃过，他就一定想办法尝一尝。另外，他还开始自己加工、配料和改进。他读高中时，试过很多种吃法，试过三种味道的方便面一起泡。后来他发现方便面一定要煮而不是泡，泡则软烂温吞倒胃口。香港茶餐厅有一道秘制公仔面，在底材上发动脑筋，花样百出。后来他做出私家独味的方便面，汤料根据个人口味加加减减，不一定一股脑倒下锅。他还做过炸酱方便面、比萨酱焗方便面、泰式海鲜炒方便面、龙虎斗方便面、辣白菜煮方便面……就这样，他能把一包方便面煮出10种味道，成了同学中的"泡面达人"。再后来，他会给一些方便面企业提意见，还会对一些方便面的名称进行搜集整理，看能不能想出更好的，还对各国家、各厂家方便面的广告语收录下来研究。总之，与方便面有关的知识与信息他特别在意，一旦谈起方便面，他就如数家珍，说得头头是道。

高三选择去向时，他想到了出国留学。从他的学习成绩来看，大家都不看好他。他既不会唱歌，也不会跳舞，所以从发展前途来说，大家也没把他放在眼里。在写留学申请材料时，王同学从高考作文素材中看到马云

也喜欢吃方便面，而且在创业之初就曾吃过9个月的方便面，并且对于喜爱吃方便面的人优先录用。于是王同学就写了自己最拿手的吃泡面的经历。当时有同学就笑话他："太二了。"没想到这还真就引起了招生官的注意，在回函通知书中写道："在得知你对泡面的狂热以后，辅导员推荐了你，委员会和我都确信你会坚持到底，并且能作为罗切斯特的一员成长得更加强大。"

由于西方国家更注重个人兴趣爱好，注重学生的鲜明个性和特点，王同学因爱吃泡面的与众不同，脱颖而出。当王同学被罗切斯特大学录取后，同学们傻眼了，但也似乎明白了一些道理。

载于《做人与处世》

每个人都会有自己独一无二的特长，当特长到了一定的高度，就可以成为你去面对世界养活自己的技能。

那段茉莉香味的青春

文 / 侯雪涛

我们平等地相爱，因为我们互相了解，互相尊重。

——列夫·托尔斯泰

一

"噔、噔、噔……"一串急促的脚步声倏然划过，这已经是苏晓冉第三次在上自习的时候莫名其妙地跑出教室了。

尽管上周开班会时，班主任刚强调过不准在自习课期间讲话、擅自离开座位等规定，但苏晓冉依然知法犯法。

虽然我是她的同桌，但对于她频繁地擅离座位，我也道不出原因。由于在生理课上多多少少对"男女之别"有些了解，所以我也羞于启齿问她原因，以免触碰到了敏感话题，让彼此都尴尬。

二

苏晓冉是后半学期转学过来的插班生，学习成绩出奇的好，当班主任说把她安排到我旁边的座位时，我不由暗自小兴奋了一下。当时想着，能和学霸成为同桌，也算是一件无比光荣的事情吧。

的确，苏晓冉学习确实非常刻苦，这也难怪她能以绝大的分差在她入班来的第一次考试中取得了全班第一名的好成绩。班主任更是对她宠爱有

加，经常在班会上表扬她，并让我们以她为学习的榜样。从那时起，苏晓冉就成了我崇拜的偶像，我每天都以她的学习状态来监督自己。

在我的印象里，苏晓冉一直是个性格内向的女生。关于学习之外的话题，我们很少聊起，她给我留下的最大的印象就是：喜欢买茉莉香味的手帕纸和看故事类的杂志。

三

自从"五一"假期返校之后，我发现苏晓冉的行为变得异常古怪起来。除了经常看到她用手帕纸擦鼻涕外，她在学习上的态度也更是令我大跌眼镜。老师每次点她上讲台上演板，她都以各种理由拒绝，甚至为了不上去演板，她还故意说不会。在上自习的时候，总是肆无忌惮地中途就跑出教室。昔日遵规守矩的乖女孩俨然变成了散漫随性的坏学生。

苏晓冉从外面回来的时候，总能引起后排男生的一片唏嘘，除非是某些太过分的言辞，苏晓冉会恶狠狠地剜过去一眼，其他的一概置若罔闻，若无其事地埋头继续做她的作业，只是会时不时地抽出一张手帕纸，轻轻地揩鼻涕。经过那些调皮男生的八卦处理，"鼻涕妹"的外号也自此在班里流传开来。

每当苏晓冉打开手帕纸时，都会有一股茉莉花香的味道扑鼻而来，沁人心脾。但是望着被鼻涕纸堆满的垃圾袋，我又顿感一丝丝恶心。

看着刚换上两天的垃圾袋，又被苏晓冉以闪电般的速度给填满后，我不由心生怒火，略带抱怨地质问她："苏晓冉，你为什么不去医院看看你这鼻子呀？这样下去，每天得造多少白色垃圾呀？"

"对不起。"苏晓冉一字一顿，以简短的回答结束了这次对话。面对她诚恳的道歉，我也只好强忍心中的怒火，任它渐渐平息下去。

为了不让自己成为那些调皮男生的调侃对象，所以我总是下意识地和苏晓冉保持着距离，也很少像以前那样过分热络地向她请教问题。我们的关系也随着冰冷的气氛而逐渐疏离。渐渐地，我开始想要甩开"鼻涕妹同桌"这个让我引以为耻的身份。

110 —— 那年 那人 那些事

四

　　林灿是我班上的好哥们儿，同时也是给苏晓冉起外号的参与者之一。他的座位是在我们后排的一个独立座位上，所以也就没有了同桌。

　　在和他的一次闲聊中，他向我抱怨说，他自己一个人坐那里好无趣，连个同桌都没有，加上我对"鼻涕妹"苏晓冉越来越厌烦的心理，当时，我头脑中瞬间闪过这样一个想法：何不让林灿和苏晓冉换下座位呢？这样我和林灿也就都能摆脱痛苦了。

　　但究竟该如何向苏晓冉说这件事呢？直接说，像是有点驱逐她的意思。让同学传达给她，似乎又没人愿意充当这个角色。

　　最后，我决定以写纸条的形式来向苏晓冉传达我想要她和林灿交换座位的这个想法。

　　为了使苏晓冉能第一时间发现纸条，我把纸条偷偷地放在了她手帕纸的包装里。这样的话，她只要一拿纸擦鼻涕，就一定能看到我放进去的纸条。我不由为我自己的这个奇思妙想而窃喜。

　　让我意想不到的是，就在我放纸条的第二天，苏晓冉竟然没有来上课，而且书桌上的东西也不见了踪影。一时间，我开始思索着她离开的各种可能的原因，难道是她看完纸条后生气了？还是被我给硬生生地逼走了？刹那间，我开始对我的做法感到一丝懊悔。

五

　　在晚上的班会上，班主任为我解开了这个谜团。他说，苏晓冉其实早就向他提出了退学申请，她要转回她省城的学校，顺便在那里看她的鼻炎。原来对于苏晓冉随意离开教室一事，班主任也是心知肚明。苏晓冉私下里向班主任说了她鼻子的问题：她患的是顽固性鼻炎，鼻涕会在鼻腔内累积，所以需要定期地用力擤鼻涕才能使鼻腔稍微通畅一些。但在安静的自习课上用力地擤鼻涕势必会产生很大的噪声，影响周围的同学。所以苏晓冉选择了在自习课上跑到教室外面去做这件事情。

　　同学们听完班主任的一席话，纷纷面露错愕。我更是为之震惊，回过头来一想，苏晓冉拒绝上讲台的原因也大抵归结于此。对于她这样的病症，有时候流鼻涕是不受控制的，所以如若在讲台上流着鼻涕演讲，定会引起大家的哄笑，成为大家舆论的焦点。

　　我不仅误解了苏晓冉，而且还变本加厉地想以换座位的方式来避开她。想到这里，我顿感赧然，自责和内疚犹如一枚尖刀刺在我的胸口。

　　几天后，我收到了苏晓冉托人捎带给我的纸条，上面写道："萧凯同学，首先请原谅我的不辞而别，另外，之前因为鼻子的原因，如果在学习和生活上给你造成了影响，还请包涵。我的鼻炎正在慢慢恢复。希望等我鼻炎好了，还能有机会和你坐同桌！对了，我桌子抽屉里还有几包手帕纸和几本杂志，你如果不介意的话，就当我送给你的小礼物吧！"

　　读完之后，我眼眶早已湿润。如果我能早一些看出苏晓冉鼻炎的严重性，或许就不会对她产生那么深的误会，也不会想要林灿和她换座位了。但遗憾就如同我们身上的伤疤，我们能够创造它，但往往却不能治愈它。苏晓冉的事情不仅给我上了一堂重要的人生交际课，还让我深刻意识到了友谊的可贵性。

　　虽然自那以后，我和苏晓冉再也没有了交集，也没有机会再和她成为同桌，但每次打开她留下的那包茉莉香味的手帕纸，我总能嗅到那段与她有关的青春。

载于《做人与处世》

　　我们曾经都那么自以为是地重伤一个人，可是后来才明白，那是年少轻狂不懂事。可是以后看的时候，似乎就不那么重要了，重要的是成长，不是吗？

夜幕笼罩下的青春

文 / 木易

毅力是永久的享受。

——布莱克

高一的时候，我们组织了一场秋游活动，为了更好地筹划和开展，班长派了时任学委的我和其他三个班委去踩点，时间选在了秋游的头天晚上。

如今回忆起来，仿佛有一种重走青春的感觉。

踩点前我们打听过有一个阳逻江滩，但不知道怎么走，于是一路问村民，一路靠感觉判断方向，而后来证明，这两点都不靠谱。

我们骑着车在乡间的马路上飞驰，看到路两端拉成长线的灯，忽暗忽明，将我们的影子有节奏地变得时而长时而短。那时的我感觉，在迎面吹来的每一阵风里，都闻到一股欢快的味道。并不是很大声的我们，在如此安静但不知道是否祥和的夜里，轻笑也是如此空明，真有一种身处世外的感觉。

偶尔遇到红绿灯，会碰到几辆外地的宝马，车主显然为我们的打扮很好奇，会欣然地摇下车窗望上几眼。我们也毫不示弱，摆出神气的表情，吹着口哨，然后惬意地扬长而去。我想车主当然明白，那几个蠢贼在为自己欢呼雀跃，为花样年华喝彩。

但我们还来不及嘚瑟多久，很快便发现我们迷路了，四个学生，大半

晚上，在真正的荒郊野外迷路了，想象起来还是有些害怕的，更别说是身临其境。

那时我们开始找出路，不管是回家的路还是去江滩的路。你会发现，走投无路时，下一个路口永远都充满了欣喜与希望。

但好在我们头脑偶尔会清醒一会儿，不至于靠划拳来决定下一步怎么走。我们会在似曾相识的建筑下猜测学校的方位，然后朝着这个方向前进。

没过多久，月亮出来了，月光洒在我们每一个人的脸上、身上，甚至是鞋子留下的脚印上，这让我们在赶路的同时，渐渐能够踏实地看清彼此，能够默默为对方鼓劲儿。我们都清楚地知道，不管前方有什么？是否到了该转机的时刻？但是只要走，就有希望。

而正当我们四处摸索时，我接到了一个电话，是一个军训时和我一起的病号打来的，他叫焦强，问我：

"你在哪儿？在干吗？"

我突然感到像抓到一串火一样的温暖，我回答："我也不知道这是哪儿，我在找江滩，但是迷路了。"

"啊？你在江滩？"

"没，在找江滩，途中迷路了。"

"怎么那么巧？我们也在江滩，烧着火，正想叫你过来一起玩。"

对呀，怎么这么巧？本就欣喜若狂的我顿时又有了热泪盈眶的冲动，如此黑暗之夜，前路迷惘之时，突然知道正要到达的远方有一堆篝火在召唤我，而火堆旁坐着一群我亲爱的朋友们，这种感觉就像土地正在召唤生活在里面的人们一样，我顿时忘记了要接着说话。

"你看到火了没有？"

"没有！"

"那我喊你，看你能不能听到。"

……

"我好像听到了，但是在手机里。"

"那你先把手机挂了。"

我挂了电话，周遭一片寂静，并没有听到有人在喊我，只是偶尔传来几声狗吠。

电话很快又打来了："喂，你听到没有，我刚喊了好几声？"

"没有听到。"

我又看了一下四周，说："你说你在哪个方位吧，那个大烟囱你看到没有？"

"看到了，有三个。"

"嗯，是三个，我面对月亮，中间那个烟囱在我的右手边大约45度。"

"我面对月亮，中间那个烟囱在我的正右手边。"

由于我们比较落后，都不知怎么用钟点的方式来确定位置，在稀里糊涂的并且还不愿意承认自己方向感极差的神奇描述中，对了错，错了对。因而出现一幅这样的场景，在一座大城市的荒野郊区里，有一群人，在茫茫黑夜中寻找彼此。

当时的我怎么都觉得屈原的这句话说得深刻：路漫漫其修远兮，吾将上下而求索。

我们很快发现前面是一条泥路，并且还有大卡车刚驶过留下的旋涡状的轮胎印，在月光的照耀下，这些辙痕格外清晰，我从身边人的尖叫声中看出，这样的清晰吓到了我们每一个人。

正当我们为眼前的场景惊讶时，远方的丛林里依稀传来了一声叫喊，尽管隐隐约约，但仍然极好辨认，没错，是他们，他们就在前方。而不知不觉中，我们竟然离目的地如此遥远了。我们高兴万分，决定脱了鞋袜，推着车，向那个有声的远方前进。

如果这条路是简单的沼泽地也就算了，大不了弄脏了回家洗衣服，但远没有想到的是淤泥下面全是沙石，并且棱角分明。踩得我们一个个惨叫不停，那声音在夜里比狗吠声还大，穿透了整片丛林。

突然前方有一道光闪过，走近两位老人，才发现我们吵醒了路边酣睡的村民。

老人很不解地问:"你们是不是隔壁学校的学生?"

看老人没有怪罪我们,反而很是和气的样子,我们说:"是的,但我们迷路了。"

"难怪……学校就在前面了,你们大晚上也怪大胆的,我看你们大叫还以为你们出事了。"

"大爷,我们现在知道路了,没事了,不好意思,打扰您二老了。"

"没事就好,那你们赶紧回去。"

随后听到一阵门被反锁的声音,在两位老人的嘀咕声中,灯光也灭了。我感觉到陡然而来的黑暗感格外强烈,让我顿时完全看不到周围的一切,但是我知道那一刻的我们心里早已灯火通明,足够照亮脚下的路。

当我们与焦强会合,已经疲惫不堪,我多想说一句"好辛苦啊",但发现焦强却早已满头大汗,并且嗓音发颤。于是,在疲惫中,我又多了几分温暖与激动。最后,会合的我们牵着手,高歌着,走上一条长长的尚未开通的石桥,看到桥下江水悠悠,悠着漫漫长夜,悠着青春峥嵘。

每当我回想起这段走夜路的经历,我都会想,人生的路何尝不是如此?面对梦想,我们每个人亦应该这样投入。

载于《作家在线》

每个人都曾有过一段黑暗且无助的日子,那时候没有人陪,只有自己咀嚼着一切。也正是因为这些日子,让我们才到今天这般乐观坚强的地步。

那时雪下

文 / 张觅

  我希望有个如你一般的人，这世界有的人的爱情如山间清爽的风，有的人的爱情如古城温暖的阳光。但没关系，最后是你就好。

——张嘉佳

  那时，她和他还那么年轻，才 16 岁。
  高二，课程很紧。学生们晚上都上晚自习。有一天复习晚了，忽然听到有人惊呼："下雪了！"疲惫的学子们像是听到了一个久违的童话，蜂拥而出，赞叹着，惊讶着。
  纷纷扬扬的雪花，自遥远的苍穹，柳絮一般轻轻坠下。
  她忍不住跑出去看，回头看他也搁下笔，走了出来。心中忽然微微一动，似有清凉的芬芳萦绕。
  他们不过是普通同学，见了面，微微一笑，或者淡淡打个招呼，如此而已。其实，她悄悄喜欢了他很久，而他全然不知晓。高中繁重的课业，也只能让她悄悄守护心中这一脉清凉的暗恋，守护这无人知晓，独自芬芳的秘密。
  站在教学楼的走廊上，大家都被那一场突然降临的鹅毛大雪迷得神魂

颠倒。

他的眼神那么明亮，侧脸在苍穹下显得如此英俊。她一时怔忡，只觉心满意足，别无他求。就这么静静地和他看着雪。

他忽然低头，看了看表，说："该回去了。"

她点头，收拾书包和同学们一起走。鹅毛大雪仍在纷纷扬扬地下着。

寒气逼着面颊，冷意侵人。她瑟缩了一下。

他走在她身边，忽然说："你家远不远？我送你回去吧？"

她转头，微微一笑："不用了，现在很晚了，你还是回家吧。我家很快就到了。"

他点点头，橙黄的路灯下，大雪纷扬，他的眼神温暖地看向她。

英俊的少年，如同大海一样的眼神。

她忽然心慌，赶紧摇手说："再见！"背着书包走了几步，回头说："你也路上小心。"没有等他回话，就忙忙地走了。

她真怕这一瞬自己因为心悸而瘫倒。

这个夜晚，她回到家中，冷得直打战，妈妈赶紧给她安排洗了个澡。坐进温暖的被窝里，捧着一杯袅袅热气的牛奶，许愿静静地望向窗外。

大雪仍在纷飞。

她静静地捧着那杯热牛奶，心里浮动的，都是刚刚他的那个眼神。

漫天的鹅毛大雪中，他唇角带着笑容，眼眸那样明亮，仿佛漫天星光落在了他的眼眸之中，炫目得叫人不敢直视。

世界如此美好，如此安宁。

后来，光阴荏苒。也不知道怎么，一下子，岁月从指缝间就溜走了。她想着，16岁的时候，总觉得高考那么遥远，永远也不会来到，她可以一直在教室的后排，偷偷地看着他的背影。但时光一下子呼啸而来，高考，

那年 那人 那些事

考研，然后，长大，工作……

　　她终究是失落了他。高考后考上不同的学校，而后就再无联系，也没有像小说或者电视剧里所说的那样发生多年后重逢那种美丽的邂逅。她不过也和普通女孩子一样，邂逅一段爱情，平平淡淡地结婚、生子，过着柴米油盐的生活，日子波澜不惊。

　　而她总是记得，那天的鹅毛大雪，雪中的他明净而温暖的眼神。

　　那个场景，真像一个童话，一个永不再来，也永不褪色的青春的童话。

载于《哲思》

　　你是否还记得，那年那个跟你深情对望的男孩或者女孩，那时没有暧昧，没有相恋，却有种莫名的情愫交织在你们身边，让你寂静欢喜。

每个人身边都有一个蓝胖子

文 / 琼雨海

兄弟可能不是朋友，但朋友常常如兄弟。

——富兰克林

一

第一次见到"蓝胖子"的场景极具戏剧化，想来竟与他的性格极为不符。

那天，我心情很不好，趴在座位上，望着灰色的天空，真想大哭一场。这时，老师带着他走进教室，他穿着一件蓝色T恤，胖胖的身体把好好的一件运动衫装得满满的，让我禁不住想笑。"大家好！我叫高博羽。"

他话音刚落，有人打趣说："是高老庄来的吧？"当时，我真怕这看起来老实巴交的"蓝胖子"不知道如何应付，会因此囧在那里，没想到他干净利落地说："对。就住在你岳父家隔壁。"

大家先是一愣，继而哄堂大笑，高博羽反应如此之快，还真让我不能小觑。

莫名对他产生一种好感，我在心里默念："让他和我坐在一起……"不知道是哪位神仙听到了我的祷告，老师果然让他坐在了我的旁边。

二

原本以为，我的同桌人如其名，不是"学霸"，也应该属于"知识渊博"一类，后来他终于用实际行动告诉我，还是他的体型与他更加相配。于是，我便心安理得地叫他"蓝胖子"，他也欣然接受。

话说，那天月考结束，我和班里的同学在对答案，他正好从门外进来，兴冲冲地说："你们说的选择题答案和我的一模一样，欧耶！没想到我的物理变得如此强。"

我"扑哧"一声喷了他一个满脸，"拜托，蓝大哥，我们对的是化学。"蓝胖子一听，晕倒在课桌上，卷成一堆肥肉。

果不其然，蓝胖子的物理考得很惨，发试卷那天，他吓得不敢抬头，生怕物理老师一看到他，话题会转到他身上。

"我就不明白了，这次考试的选择题这么简单，还有人不会。同样的老师，同样的课堂，差距怎么就那么大？"老师一边说，一边愤愤然看着大家。此时，教室里异常安静，老师似乎觉得这么说，还是不能触到那些差生的学习神经，于是，继续说："四十分的选择题，那么简单，简直是白送，可是有的人竟然得十分、二十分，拿到十分、二十分的统统把卷子重做！"

蓝胖子长舒一口气，悄声对我说："好险啊，我是八分。"

我还没来得及笑，只听物理老师说："高博羽，再把课本上所有的公式抄写十遍。"就这样，一个下午我都看到蓝胖子在埋头苦干，这是和他同桌以来，第一次这么长时间没听见他说一句话，也是第一次看到他这么沮丧。

那天下午，我一直陪他到很晚，我想我应该帮帮他了。

三

我通知蓝胖子，我要对他进行集训的时候，他对我鬼哭狼嚎，大喊

"饶命"。可是，从这小子的眼神中，我看得出，他是非常乐意的。于是，我假装说："那就算了，本官还乐得清静呢。"

蓝胖子赶紧扑过来，拉住我的胳膊说："娘娘饶命啊，奴才知错了。"

就这样，每天下午放学后，我对蓝胖子的辅导开始了，以物理为主，其他功课针对当天学习的内容相应进行。

通过辅导，我发现其实蓝胖子的底子还是不错的，初中的知识他学得很扎实。据他自己说，就是因为高中一个多学期没有听讲，整天昏头昏脑地混，结果就成现在这个样了。我问他，为什么突然不学习了？他竟一改往日的嬉皮笑脸，低头沉默着，吓得我赶紧转移话题，学下一项。

四

和蓝胖子在一起，让我觉得很舒服，他总是不乏幽默。有时候，我们学得很闷了，他偶然冒出个句子来，就让我笑上半天。

要不是那天下午的事，我想我和蓝胖子会一直这样"开心"下去。

那天，蓝胖子向我请假，连个理由都懒得解释，我想这么反常的他一定有问题，我决定一探究竟。我一路跟踪，他骑车拐进了一个胡同，停下车来，摸出打火机，勾着头，"啪"的一声点燃一根烟，火光便在昏暗中荧荧发光，映照着他模糊的脸，那脸上竟写满了忧伤，一点儿也不像平常的蓝胖子。

我出现在他面前，他竟然一点都不惊讶，抽了一口烟，娴熟地吐了一个圈儿，我一把夺过来，自己也抽了一口，呛得我眼泪都快出来了，气得我把烟仍在地上，使劲踩了几脚。

"你知道我为什么和你坐在一起吗？"他突然说，不待我回答，他又自言自语地说："上学的第一天，在路上我看到一个女孩在和自己的爸爸争吵，听内容我想这应该是一个和我同样不幸的孩子，如果我和她同班的话，我一定要让她每天都开心地笑。课间我看到了你，于是和老师说认识你，和你同桌能让我更好地适应环境。"

看着现在的蓝胖子，我觉得我是那么具有预见性，给表面阳光的他起了一个那么忧伤的名字。许久，他说："他们今天终于离了。"这个时候，我不敢看你，也不敢多说一句话，我知道此时的你一定是敏感又脆弱，就像看到了的我自己。

那天我和蓝胖子，就这样有一搭无一搭地说到很晚，大多数时间都是沉默对着沉默，就像是一个可怜虫对着另一个可怜虫。

最后，蓝胖子说，忧伤只在这一晚，明天的太阳依然会升起。

五

可是，第二天我生病了，我不愿意待在家里，那个灰暗色调的地方，那儿只会让我的身体发霉。午休的时候，我毫不客气地让蓝胖子去给我买药。

许久，他气喘吁吁地给我买回了一包奥利奥，我含着泪说："我不是让你买白加黑感冒药吗？"他一脸讨好地说："对啊。这不就是白加黑吗？"

这时候，我的眼泪"啪嗒啪嗒"就下来了，他慌了神，掏出了感冒药说："我这不是想先让你开心一下，顺便喂饱肚子么。没想到弄巧成拙，别哭别哭啊。"我终于破涕为笑，他那根紧绷着的神经才放松下来。

看着他那可爱的样子，我恍然明白，其实蓝胖子并不是那么愚笨，他很多时候装作傻乎乎的，只是想让他在乎的人开心而已。

我想，我应该很幸运，就是他在乎的人之一吧。

许多年后，我和蓝胖子上了不同的大学，可是每次打电话他都喜欢逗我一番。我的生活有了他，就像是平静的小池塘，在温雅的睡莲旁，有几条调皮的红色金鱼，平添了许多生气。我想，每个人的身边都有"蓝胖子"的影子，他在乎你的欢乐和忧伤，用他的方式关心着你，与你而言这是一件莫大的幸福，且行且珍惜。

又是一个安静的午后，我收到一个包裹，是一个胖乎乎的"蓝精灵"，用蓝色的信笺写着：蓝胖子永伴你。

载于《中学生博览·综合版》

每个人都有自己相依为命的闺蜜。这份感情是到什么时候都不会散的。如果有一个人一直陪着你，逗你开心，了解你的一切优缺点，那你该庆幸欢喜。

世界在谁的掌心里

文 / 安宁

生命是单程路，不论你怎样转弯抹角，都不会走回头路，你一旦明白和接受这一点，人生就简单得多了。

——穆尔

刚入大学的时候，在人群里常常觉得孤单。世界好像突然变得大了，自己再也不是那个万人瞩目的中心。引以为傲的成绩，也变得可以忽略不计。昔日被老师们鄙薄的那些能歌善舞人士，似乎一夜之间就升了值，走在路上，都是一派富贵腾飞之势。一群鹤们站在一起，自己这样自以为是的一只，瞬间黯然下去。而且，连并肩行走相互慰藉的另一只，也寻不到。世界就这样轻易地转移到了别人的掌心里，自己则唯有焦灼不安失魂落魄的份儿。

学生阿雅就在面临十年前的我，同样失去了重心的孤独感。她来自遥远边疆的小镇，普通话有些蹩脚，常常一开口，就引来外人的笑声。她费了很大力气，差一点就将石头含在嘴里"冬练三九，夏练三伏"了，才终于有了一点起色，混在一堆人里，听起来不至于那么突兀刺耳。她很奇怪以前自己是想拼命尖着嗓子冲出那"鸡群"，成为一只地位显赫的仙鹤，而今却是因为这缺陷，想要缩到一个安全的壳里，最好，是谁也看不到自己。

不过中学时那股子拼劲，还是让她想要在新的这片天地里，能披荆斩棘，重新立地为王。班里的同学很快地分离成两拨，犹如分明的泾水渭水，永远都不会相交。有不满高考结果的，到了大学，也是身在曹营心在汉，为了那个当初的奋斗目标，继续埋头苦读，只求4年后，通过考研一举成名天下知。他们常常以一副老成持重的表情，告诫阿雅，如果不走出去，待在这样一所不上不下的省城大学里，早晚人生也会变得跟路边的广告牌一样黯淡无光。

而那些对更高的学历毫无兴趣的，则为了工作，热衷于讨好老师，或者为了学生会的一个官职上下打点，一副争得头破血流也在所不惜的模样。他们给予阿雅的教导，则是世俗现实的，甚至听起来有些残酷。他们建议阿雅要在老师面前，学会奉承，懂得阿谀；在学生会里，不管是学院还是学校，都要有等级观念，聚餐的时候敬酒，学生会会长的地位，丝毫不次于任何一个老师或者领导；如果怠慢，轻则影响个人在学校的仕途，重则让你在4年后迈出校园的时候，因表现不佳而寻不到好的职业，而远远地落在同学的后面。

阿雅夹在这样两股奋进的人群中，左右为难，不知将来是要考研，让人生上一个档次，还是为了工作，一路世俗下去。这样的问题没有解决，又有新的接踵而至。

来自西部的阿雅，同宿舍里东部区的舍友们，常常因为思维习惯的不同，而产生冲突。一次一个舍友在宿舍里大声宣布，明天中午请大家去吃麦当劳，大家都嘻嘻哈哈附和说好啊好啊，然后便各自忙碌，似乎，那不过是一件很稀松平常的事。但阿雅却记到了心里，且为了这次吃饭，特意在第二天穿了最漂亮的裙子，还化了淡妆，然后一上午哪儿也没有去，耐心在宿舍里等候舍友的召唤。不想，左等右等，一直到了一点钟，也不见舍友的影子。就在阿雅想要不要电话催促一下舍友时，宿舍门打开来，舍友与其他人鱼贯而入，看他们手里提的打包的饭菜，就知他们没有去什么麦当劳，而是在食堂里饱餐了一顿。阿雅生了气，但又不好发作，私下里打听后才知，舍友不过是开开玩笑而已，知道这种随口说请吃饭习惯的同学，都哈哈一笑便忘掉了，只有阿雅认了真，等到饥肠辘辘，还没有任何音信，并因这样有伤颜面的"欺骗"，而一个人大哭了一场。

阿雅在大一读完的那年，成功进入了学生会，成了宣传部的干事。尽管只是在自己的学院里。很多时候，也没有多少同学将自己的这一官职当成一回事，甚至还当面开她玩笑，说，干事干事，就是一个干杂事的而已。她偶尔迷茫，在老师们开会只记得部长们的名字的时候；或者，是曾经的朋友，因为官职比自己高了一级，便以命令的语气让她去做事的时候。她的成绩也是中等，似乎没有实力也没有精力，与那些一心想要走出去的同学比拼。两条路缠绕混杂在一起，阿雅突然间觉得自己没有了方向。

阿雅问我，为何自己有成了世界边缘的感觉呢？那个高中时被人宠爱光芒四射的女孩，跑到哪里去了呢？是不是人越向社会上走，就离中心的世界越远了呢？

我不知道该如何回答阿雅的问题，刚刚毕业成为人师的我，也只能以自己仅有的经验告诉她，其实我们一直都在社会的边缘，我们所做的一切努力，不过是为了离世界中心的那点温暖，近一些，再近一些。昔日来自家庭的呵护，并不是让自己成为焦点，而是用亲情编织成的一张遮风避雨的网，隔离开世界，是我们的不知世事，误以为那里是阳光最盛烈水草也最茂密的中心。

阿雅对于我的解释，依然是不甚理解。她大约不知道作为老师的我，正遭遇着同样的困惑。我在讲台上是他们学生的中心，可是在职场上，我却与她一样，是一个小心翼翼却又总是手足无措的新人。世界是圆的，可我不过是那只在最外面的圈上，费力向中心攀爬的小小的蚂蚁，或者蜗牛。或许我刚刚给他们眉飞色舞地讲完一部话剧，出了门，就被领导叫到办公室，以我搞第二职业没有好好工作为由，派给我一门新的课程。

世界是在我们的掌心呢，还是在我们的脚底，再或位于我们风尘仆仆奔赴的前方，我想除了一点点经历，让时间代我们答复，初入大学的阿雅，与初入职场的我一样都没有办法，寻找到一个确切的答复。

载于《大学生》

有些人老说，是世界改变了我们，还是我们改变了世界。其实这些对于普通人来说，都不重要，重要的是，你以为的世界，你心中的世界，是什么样的。

青春的烛光

文 / 胡识

　　如果命运自有它的轨迹，人最大的幸运和所有勇气的来源不就是在开头的时候无法预知结局。

——辛夷坞

我们的烛光亮在初中

　　"停电了，啊，停电了！"又是臭小子阿山从教室的最后一排蹦起来，像落地的皮球，带头大喊。紧接着，校园里传来一阵又一阵"啊，喔"的叫声。我最喜欢突然停电的时分，终于可以搁下手中的圆珠笔和我的女同桌兰子侃侃大山，斗斗嘴，有说有笑。别看兰子平日里斯斯文文，淑女得很。其实，那都是她装出来的。一旦我先动手拽了一下她的马尾辫，她准瞪着眼睛跟牛一样："阿识，你不想活了吧，姐，你都敢惹！"她边说边往上撸起衣管。这时，我就会使出阿识必杀技之从抽屉里掏出一根蜡烛，为她点上。

　　我念的初中是镇上最为严苛的私立学校。校长会命令我们在抽屉里放上一小捆蜡烛，碰上停电了，班主任就会火急火燎地从办公室跑来，叫大伙儿赶紧点上。当然，我们总喜欢磨磨蹭蹭，非要等到班主任重重地拍完几下讲桌："书，还读不读？你们看一看隔壁的初一（2）班读书多攒劲，就你们不争气！"然后，我们才悻悻地将捏紧在手头上的火柴一根一根划

着，点亮蜡烛。

每到这时，我和兰子才像一对心有灵犀的情侣，我们一起趴在桌子上，认真地数着："一盏，两盏，三盏……"像天上的星星俏皮地眨着眼睛，像树梢上的萤火虫提着小灯笼翩跹起舞，像水里的夜光鱼鳔时起时伏，好看极了。

"阿识，我们和好吧。"兰子轻柔细语地对我说，她的眼睛里流露出一道道银色的光，那是青春的火把，她燃烧是为了等待一句承诺。只可惜，我也是个不谙情事的少年，紧张得开不了口，哪怕说一个最简单的"好"字也罢。我只会偷偷地用袖子揩掉我们在白天时用粉笔画上的三八线，假装她不会看见。但是我却忽略了这点，这世上的每一位女孩子都是天生的猎人，她们拥有一双明亮的眼睛，在黑夜里对她好的男生逃不过她的光。

兰子说，真心对一个人好，明明知道他或许没那么好，却又忍不住把自己摆低。你为了那个人做了很多以前不会做的事，听他喜欢的歌，看她喜欢的书，到头来，那个人可能已经不喜欢Eason，不爱看九把刀了，你却不可救药地喜欢上了Eason。

我说，真心对一个人好，就像恨一个人一样，是没有边缘的吧。

兰子和我对一个人好的定义就像那70支蜡烛，燃着燃着，教室的灯突然亮了，我们深深地哀叹一声后，又接着过剩下来的读书时光。也就像校园里的灯在同一秒熄灭，我们便在下一刻纷纷点亮蜡烛，享受着这份浪漫。青春总是以循环往复的方式在醒时悄悄逝去，在梦中款款到来。我和兰子因为周杰伦和华仔在白天吵得不可开交，也因为她管我要明信片，我管她要千纸鹤，在放学时贴在一起。

谁偷走了她的烛光

说来也真是奇怪，我和兰子考上同一所高中后又在同一个班念书，兰子坐第二排，我坐第四排，我们中间隔着一个庞然大物。

他的眼睛撑得能有乒乓球般大，一个高高翘起的鼻头，没有鼻根，白里透红。他走起路来总是一摇三晃，而且走路时双手微微地散开，像鸭掌，我和兰子便给这个庞然大物冠名为"鸭掌胖"。起初，我以为鸭掌胖老实巴交的，可以做我和兰子的信使。可谁知道，他第三次帮我传纸条时，竟当着全班同学的面把我写给兰子的纸条撕掉了，还嚷嚷着说："胡识！你是追不到兰子的，人家那么漂亮，你这么丑，能配得上吗？"不一会儿，全班同学的眼睛齐刷刷地聚向我，还"哇"的一声，就好像看猴子表演似的。那会儿，我的眼珠子差点都吓飞了，毛发翘得老高，脸滚烫滚烫的，我真想找一个树洞一钻了之。只是我这只瘦猴子的树洞不一会儿就被兰子的眼泪给淹没了。兰子用手不断地摩擦着那双红彤彤的眼睛："鸭掌胖，胡识，你俩给我去死！"

我真不晓得鸭掌胖凭什么说我写纸条是为了追兰子，害得我出丑，兰子没再理我，我实在忍无可忍。为了报复鸭掌胖，有一次上体育课，我趁教室没人，便将兰子书包里的蜡烛偷偷塞进了鸭掌胖的桌子里。有很多时候，老天爷好像会故意准时给那些想报仇雪恨的人一两次机会。就在我嫁祸给鸭掌胖的当天晚上，学校竟出奇地停了电。

当大伙在面临黑暗而陷入混乱时，也只有我和兰子会显得泰然自若，因为我俩在读初中时就已经养成了一个随身携带蜡烛的习惯。我像中了头等奖的彩民，从书包里掏出蜡烛扬扬得意地说："同学们，不要慌，我给大家变个魔术，保证一会儿教室就亮起来。"我以迅雷不及掩耳之势点亮蜡烛，不一会儿，一闪一闪的光便出现在六十多双眼珠子里，大伙不断地称奇。我那故意自导自演的自鸣得意感终将点燃了兰子的愤懑之情，我知道兰子平时特别讨厌那些喜欢张扬的人，更不用说我，自纸条事件发生后，她已经恨我恨得快找不着北。她不紧不慢地站起来："同学们，他刚才玩的只是小把戏，接下来请看我的。"说完，兰子就将手伸进书包里。我知道她一定是想拿出她的那支具有金字塔形状的粉红色蜡烛，可她并不知道自己的尊严其实已经跌进了低谷。教室的空气跟死一般寂静，大伙儿都屏住呼吸等待见证奇迹。兰子将书包翻来搜去，她急得满头大汗。

终于，兰子爆发了："谁偷了我的蜡烛？谁偷了我的蜡烛？"兰子尖锐的声音在教室里盘旋着。

"嘿嘿，鸭掌胖，这下你死定了。"我在心里乐得炸开了锅。我故意用笔套敲了敲鸭掌胖，装作怀疑的样子："兰子的蜡烛，不会在你的桌子里吧？"

鸭掌胖的头脑实在太简单了些，他一边扯出自己的书包一边在嘴里鼓捣着一句："怎么可能？怎么……"可还没等鸭掌胖信誓旦旦地说完，"啪"的一声，具有金字塔形状的粉红色蜡烛从他的桌子里掉了下来。

"金钱海，果真是你拿了李香兰的蜡烛啊！"鸭掌胖的同桌指着那支蜡烛，嘴巴张得超大。

"我没有拿她的蜡烛！我干吗拿她的蜡烛？"鸭掌胖急得差点哭出声来。

"我记得上次你看到兰子的这支蜡烛，你问我她在哪里买的，你说你也想要这样一支蜡烛送给你奶奶。"

"可是，可是……"

"别再可是了，跟我去一趟老师的办公室吧！"班长对鸭掌胖说道。

说一声，烛光再见

就这样，鸭掌胖因为"做贼"被学校记过了。我并不晓得学校的制度会有那么严苛，我本只想让鸭掌胖在班里出一次丑，好替我杀了年少时的不快之情。可我不曾明白，有一些小小的错误，如果我们都不愿给予宽恕，大大的错误终将会惹恼动荡不安的青春。

其实，鸭掌胖一点也不坏，他比谁都善良、坚强得多。

纸条事件发生以后，我们班和二班举行篮球联赛。不知道什么原因，我投篮时总发挥失常。就在其他同学纷纷要求我下场时，作为队长的鸭掌胖却一股脑儿地站在我身边，他说："他上半场的球打得不好，并不代表他的整场球会打得不好，我相信他的实力，我看好他的球技！"我以为鸭掌胖会恨我恨得找不着边缘，但是我却错了，他说那句话时微笑并阳光着。在下半场比赛时，只要鸭掌胖一拿到球，他就会扔给我，然后朝我大喊，胡识，Go Go！"哐当"一声，我又进球了。

那是我有史以来打得最好，最痛快的一场球赛。不仅因为那次我们赢了，还因为那场球赛，鸭掌胖原谅了我，我们成了铁哥们。

我们各自奔向不同的城市念大学的前一晚，刚好是鸭掌胖的生日。我和兰子买了蛋糕，把鸭掌胖叫到海边，就在我和兰子为他点亮生日蜡烛的那刻，我看到鸭掌胖感动得哭了，他说，第一次有人给他过生日，而那个人就是朋友，也是昔日的"仇人"。对，我曾做了鸭掌的"仇人"，我栽赃陷害了他，但他很好，没有把我当仇人看待。当然，鸭掌胖也做过我的"仇人"，我要鸭掌胖传递的第三张纸条，其实是我鼓足了勇气写给兰子的情书。而鸭掌胖却因为自己也喜欢上了兰子，将它当众撕毁，还诋毁我的形象，那时我当然恨了。但那场球赛以后，我再也没拿他当过仇人。

其实，青春可以像送变电一样，有很多东西可以重来。比如，此刻停电了，我们就可以立即点上一支蜡烛，凭借着可以无限延伸的光将即将消失的影子拉回原地。又或许可以闭上眼睛安安静静地等下一场没有到不了的天明。

载于《新青年》

有些东西是可以重来的，比如，中断的友谊。有些东西是可以延续的，比如，那些如亲人的朋友和坚实的友谊。可是有一样却怎么也不会回来了，那就是青春。

第五辑

独行青春里的美妙歌声

林小小害羞地低下头不吭声了,脸上却挂着笑。这段孤独行走的青春结束了,她再也不要一个人寂寞地歌唱了。

怀念青春，怀念同桌的你

文 / 后天男孩

那时候天总是很蓝，日子总过得太慢，你总说毕业遥遥无期，转眼就各奔东西。

——老狼

我和很多人同过桌。虽然我不能一一说出他们的名字，但每当我过得不顺心时，我就会想起他们曾对我说过的话。

"大头！书读不下去就回家。"

"大头！哪天你发达了，可别忘了我。"

"大头！你这个呆瓜。"……

一

阿条是处女座，我是水瓶座。他有过一个女朋友，他说她女朋友简直是仙女下凡，他说这话时特别神气。于是，我就问他："她有周冬雨漂亮吗？"阿条诡笑了一阵后，把嘴巴凑到我耳旁："比周冬雨还漂亮！"我一时没忍得住，就一拳打在阿条的大腿上："谁信哪！"我的话音一落，讲台上的班主任便大吼："胡大头，你给我滚出去！"我慢吞吞地朝教室门口走，班主任盯着我，然后喋喋不休地批评我，批评整个班，再批评隔壁的兄弟班，一直批评到中国的教育制度。

下课后，阿条把我拉回位子，帮我捏腿。还特感激地对我说，班主任整堂课都在当愤青，他就趴在桌子上美滋滋地睡了一觉。

二

刚开始，我和阿条不是同桌。高二下学期期中考试，我们班没考过兄弟班，班主任便让偏科的同学在小纸条上写上想和哪个能帮助自己的同学坐一起。我的数学没考及格，阿条是数学课代表，我就在纸条上写了阿条的名字。阿条的英文在班里倒数第二，我是英语课代表，阿条相中了我。就那样，我们成了同桌。

我问阿条怎样才能学好数学？他自吹自擂了一番后说，学好数学是女朋友传授给他的独门绝技，说出来得收费。于是，整个夏天我都在请阿条吃冰淇淋。

阿条问我怎样学好英语？我爱理不理，结果，阿条每天都替我捶背。阿条的爹地是城里的保健按摩师，周末时，阿条就会跟着爹学。

每次阿条扬扬得意地说起"学好数理化，走遍天下都不怕"这句话时，我都有种想打他的冲动，他太不把我这个文艺小青年当回事了。好歹郭敬明比很多数理化高手混得好。

三

阿条细皮嫩肉，绛白的脸上挂着一张樱桃红的小嘴，头顶锅盖，说话有些温柔，特招女孩子喜欢。

我们同桌时他并没有教我学数学，我也没有教他学英语，我们总有说不完的话。

"前排的阿红笑起来真好看。"

"语文课代表才好看呢。"

你看，她有酒窝！

"酒窝算什么！"

……

不过，阿条对我讲得最多的是他和女朋友的故事。他说着说着，眼睛就变得湿漉漉，这时我就会嘲笑他："条子，瞎编的吧？"他俏皮地抠抠鼻子，擦擦嘴巴，气急败坏地对我说："大头，怪不得没人喜欢你，你真是个没有感情的小家伙！"

我们说着骂着，就像青春在哗啦啦地下着大雨，呼啦啦地刮着大风。

四

后来，不知道是谁向班主任打小报告，说我和阿条坐一起总说话，影响大家学习。没过多久，班主任便把我安排在了教室的第一排靠墙的位子，周围全是女生。

新同桌阿红是我讨厌的类型。她留着齐刘海，超大黑色镜框遮住了她原本非常秀美的吊梢眉。

我从不跟阿红说话，她除了吃饭、睡觉，差不多整天都在看书、做题。教室的后墙上贴着每个同学的理想大学，阿红的理想是考北大。

课间时，我经常与阿条厮混在一起。每当我们玩得找不到北时，阿条就会提起阿红，他问我阿红有没有男朋友。我实在气不过，就指着阿条的大鼻子说："怎么会有人喜欢那块木头！"这时，阿条就会瞪大着眼睛看我，说："大头，你去死吧！敢侮辱我的女神。"我没再顶嘴，心里却莫名其妙的。

五

之前我以为自己这辈子都不会搭理阿红，直到有次她发高烧，我才明白青春没有永远的倔强，它会被一些人、一些事慢慢驯服。

有一次，班主任破天荒地组织全班同学在班里看电影。正当我乐呵呵地感受着男主角和女主角在樱桃树下漫步的场景时，突然，阿红拍了拍我的胳膊肘子："大头，我肚子疼，你可以送我去医务室吗？"我看了看她，豆大的汗珠不断地从她惨白的脸上往下落。我赶忙叫来班主任，班主任也急坏了，让我赶紧背她去医务室。我便以一个人背不动为由，顺便叫上了阿条。

当我背着阿红跑到楼梯口，想停下来喘口气时，阿条却一把从我背上夺过阿红，慌里慌张地说："大头，我比你力气大，你先一个人跑去医务室和医生打好招呼。"

到了医务室，大夫说阿红患了急性胰腺炎，得输几天液。我们便轮流照顾阿红。那时候，我才知道阿条所说的前女友原来是阿红。他们中考后因为闹了一些别扭分手了，之后两个人在同一个班念高中，却老死不相往来。但是，这世上的绝大多数人很难做到将青春时所遇到的那个人忘掉，这当中就包括阿条和阿红。怪不得阿条每天嘱咐我少和阿红搭讪，问我阿红有没有男朋友，说阿红比语文课代表漂亮得多。怪不得阿红的抽屉里一直放着一本叫《梦里花落知多少》的书，原来这本书是阿条送给她的15岁生日礼物。

阿条和阿红都迷恋书里的这句话——"自己越在乎的人自己就越不能承受他对自己不好"。

六

阿红喜欢张信哲，喜欢席慕蓉的《无怨的青春》，喜欢收集老唱片。她家里有一台老式的唱片机，她说她不开心时总能从里头听出些沧桑感。然后，她就会哗啦啦地落泪。哭完，她才会感到心里好受一些。

我说，那你真矫情。

她说，是你真不解风情。

我说，你才不解风情呢，人家阿条还是那么喜欢你，你就一点看不

出来？

她说，我看得出来，可是我有更重要的事情要做。

我说，你这人真没劲。

她不回答，一个劲地望着窗外。窗外只有一棵老掉牙的樟树，有几只麻雀在上面叽叽喳喳跳舞。

我接着问："喜欢一个人会激发人的灵感，可能会让你的成绩更好。你为什么不尝试着再向前一步？"

突然，她竟然回我一句"不愿意浪费青春"。我盯着那棵老掉牙的樟树，我猜它在青春时也一定热恋过某棵树，要不然它凭什么活到现在。它一定还没完成青春时的心愿，它在等。

"你懂什么叫青春？青春就是把头一味地埋在试卷里？青春就是一副明明很喜欢却不敢承认的委屈模样？青春就是为了考北大？青春就是经不起一点挫折，容不下一点谎言？别闹了！青春是 follow your heart，青春是 size the day！"我终于对阿红发泄一通。可是，阿红还是沉默。

七

不知道什么原因，再后来，阿条成了阿红的同桌，班主任又把我调回后面，我和胖墩坐一起。也许那都是冥冥中被安排好的。

胖墩喜欢打篮球，他常常和我谈科比，可我不爱听。我喜欢写抒情散文，每完成一篇，我就会念给胖墩听。胖墩听着听着总会倒在桌子上，然后呼噜噜地睡了起来。我便会揪着胖墩的耳朵："你能不能理解我此刻的心情？"胖墩便会举着拳头："你再烦我，莫怪我打烂你的大头。"说完，他又接着睡觉，做梦、磨牙、打呼噜。

终于有一天，班主任把胖墩调走了。我坐在最后一排的角落里，每天孤零零地看着阿条和阿红的背影。他们不怎么说话，各自手头上的圆珠笔不停地转动。谁的橡皮擦掉在谁的椅子旁边，谁就会帮谁捡起来，然后微笑着递给对方。

后来，北大也成了阿条的梦想。

有时，我不得不承认阿条比我的运气好。如果不是那次晚自习我和阿红斗嘴，被班主任看见，阿条的英语成绩怎么可能赶超我。如果语文课代表成了我的同桌，我也准是个学霸。

但是，青春没有如果，一切都走得那么突然，像风一样，一转眼便流浪到另一个城市，换了另一种生活。

载于《青春期健康》

　　青春就像一场秋风一样迅疾，那时候还在打闹的你们，如今已经四散天涯，那个整天斗嘴的同桌，也已经嫁为人妻。终于，青春把我们抛弃了。

让他人心灵之石光滑

文 / 梅若雪

　　德行是人人都赞美的，因为好人和恶人都可以从中得到对自己有利的东西。

———狄德罗

　　他一心要成为一名高僧，16岁那年，他来到临水寺。

　　他想，临水寺大师众多，向每位大师学一点，自己的目标也就不难实现。在方丈慧能大师为他取了悟净的法名后，他便开始了自己的梦想之旅。

　　当天，悟净就一一拜访各位前辈及师兄。他知道要长见识，必须虚心、多看多思。在拜访完毕后，善于观察的他还真的发现了一个问题：方丈配给自己的石凳凹凸不平。

　　他对慧能大师说："方丈，能不能给我一个如师兄们一样光溜溜的石凳呢？"大师看了他一眼，很肯定地说："不能，别人的石凳开始时和你的也一样。"他略加思索，说："方丈，我明白了，俗话说，只要功夫深，铁杵磨成针，给这样一个石凳，是提醒修行的人，如要修成正果，必须下苦功夫。"

　　从此，天还没亮，师兄们还在睡梦中，悟净洗漱完毕，便捧起一本经书读起来。每读一会儿，他会用手摩挲一下石凳，看比先前光滑一些没有。见效果并不明显，他还特意在裤子的臀部处缀上一块粗棉布，坐在石凳上不那么疼了，于是他开始加大摩擦力量，重重坐，重重起。这样一年过去，石凳果然光滑了，可他并没成为大师，因为没有谁承认他。

悟净有些不明白，对方丈说："我的石凳光滑程度并不比大师们的差！"方丈看了佛案上摇曳着的灯火，问："灯火为什么会动呢？"悟净看了一眼打开着的窗户，说："是风吹火苗动。"方丈说："不是风动，也不是灯火动，而是心动。"

悟净终于明白，一年来自己只有一个念头：让石凳变得光滑，并没真正用心念佛修行，当然也就成不了大师。

他从库房中又搬来一个凹凸不平的石凳，悟净要重新开始。他只穿了一条单裤，坐在石凳上，开始时觉得挺疼痛的，由于一门心思读经修行，也就感觉不到疼痛了。这让他领悟到读经修行力量是强大的，而疼痛就像弹簧，你弱它就强，你强它就弱。

一年后，悟净盘点了一下，上一年只读完一本经书，而且还是囫囵吞枣，这一年竟然研读完了三本。

之后，他依然整天坐在石凳上，青灯黄卷，苦读苦思。春去秋来，又过了一年，悟净的头脑丰富了，石凳也非常光滑了。他想，这次应该称得上大师了吧！可依然没有人承认他，连香客们也不认可。

这次，他将几本反复阅读书角已经打卷的经书带在身边，来到方丈面前，说："我想向大师请教，这几本经书上的内容我已熟记于心，可不明白，我究竟离大师还有多远呢？"

这次方丈没说话，只是拿眼睛看着寺内寺外来来往往的人。悟净回到住处，思考着方丈为什么不说话。经过一晚上的参悟，他终于明白了。

悟净又从库房拿了一个凹凸不平的石凳来，他要重新开始。坐在石凳上读经之余，他也会在丛林法会上做持香盒执掌烧香及行礼的"烧香侍者"；还去为住持起草往来文书，做一位"书状侍者"；接待照应住持的

私人来客，做一位"请客侍者"……

除了这些，他还一改过去闭门念经参悟的做法，将禅房大门打开，在读经参悟时，一旦有香客进来，他就发扬慈悲，传递佛法，积极认真地为香客解惑答疑。正所谓教学相长，在为香客服务，让别人增长智慧，去忧解愁时，也让悟净真正长了见识，受到启发，且得到一份从来没有过的舒心和快乐。

不知不觉，一年又过去了，他已记不清接待了多少香客，反正他去四方化缘时，几乎没有施主不认识他的，都说悟静师傅是一位了不起的大师，要不了几年，也许就成为世人尽知的一名高僧了。当然他的那个石凳也变得比较光滑了。

修行就如一个石凳，不能只顾表面光滑，而是要从心灵打磨它。这还不够，不仅让自己的心灵光滑，还要去关注别人的内心，让他人的心灵也变得光滑起来。

想想我们的人生，不也是在修行吗？只有在帮助他人中，自己的境界才能真正得到升华，在成为他人一块"垫脚石"时，也让自己具有了一块美德的基石。

载于《当代青年》

修行的本质是，心灵得到充实，人格变得高尚。而这一切，都是从美德开始的，帮助别人，看似是施舍，却也是获得了心灵的升华。

有爱不简陋

文 / 清翔

心灵不在它生活的地方，但在它所爱的地方。

——英国谚语

爱是最神奇的魔术师，即使再狭窄简陋，因为有了爱，在人们心中它也会是一个"大世界"。

2006年，名校毕业，能说一口流利英语的毛菊独自来到北京，很快就找到了一份收入很不错的工作。若不是去欧洲，她也许会将那份得心应手的工作一直做下去。

2010年，去欧洲的一位在剧团工作的朋友想推介中国的音乐和戏曲，让毛菊去做有关翻译及报幕的工作。剧团效益不错，毛菊的收入也相当可观，然而，她却要回国了。

原来，她有一位亲戚在北京打工，因没有时间照管孩子，孩子放学后，和同样没有人照管的一些孩子在一起，沾染了一些不良习气，不好好学习，还打架、偷东西。于是她决定回国做一些对孩子们有益的事。

经过一番思考，她决定让那些打工人家的孩子放了学后有一个去处，而她认为开一个图书室是最为理想的，既能将孩子们聚得住，也能对孩子们思想境界和学习有所帮助。

接下来是选址，一番考察后，回到北京的她果断选择了草场地村，因

为那儿居住着上千户外来务工的家庭。于是，她租了一间7平方米的房子，买书、买书架……

开始她以为用不了多少钱，没承想不到半年，她在北京和欧洲工作所有的积蓄就全都投进去了。她的这个图书馆免费开放后，便成了孩子们心中最神圣之地。以前孩子们口中多谈论的是谁的力气大，打架行；谁买了地摊上的奖票，得了什么奖……如今说的却是谁看了什么书，书中的哪个善良智慧的人物最吸引人。因此孩子们一旦放了学就呼呼地往毛菊阿姨的图书室跑。

毛菊让孩子们免费看书，他们也义务为毛菊阿姨做一些力所能及的事情。比如，对四面靠墙壁书架上的书进行整理，有些孩子还轮流做图书借阅与归还的登记工作。其中有几个孩子做得特别认真仔细，她就奖励性地把几把备用钥匙交到这几个孩子手中。因此许多孩子和毛菊成了推心置腹的好朋友。

有个叫姬捷的小姑娘曾对毛菊说："真希望人贩子把我抓走，活着好无聊。"姬捷的父母从农村老家到草场地村开了一家小饭店，每天起早贪黑地工作，没有时间陪她，从六岁开始，姬捷每天的生活除了上学就是到饭店帮忙。

姬捷从有生活问题的小孩，演变成有思想问题的孩子，毛菊不敢掉以轻心，她要好好帮助小姬捷，除了开导外，她还给姬捷推荐了两本书：《我不愿你死于一事无成》和《千纸鹤》，两本书讲的都是坚强女性故事。姬捷一看就喜欢上了，读了又读，心情逐渐变得开朗起来，越来越乐观积极。后来，姬捷还帮助思想上有疙瘩的小朋友们，给他们讲故事，许多人说她比一些大人讲得都要好。孩子们非常感激：在这里，我们有两个最要好的朋友，一个是良师益友毛菊阿姨，一个是姬捷。

即将做妈妈的毛菊，打算生完孩子后重新开始接翻译的活儿，因为要当好"孩子王"，三年多来她没有再去工作，有时就接些翻译的活儿挣些钱来维持生活和图书室的运转。

有人和毛菊开玩笑说:"你这间图书室简陋得像一间厕所。"她说:"虽说简陋,对于这些打工人家的孩子们来说,它却是一个温暖的家,一个无比宽广的'大世界'。"

"山不在高,有仙则名。水不在深,有龙则灵。斯是陋室,惟吾德馨。"有爱不简陋。逖更生说:"希望是栖息于灵魂里的一种会飞翔的东西。"她给孩子们带来希望,也给了自己希望和寄托。而伟大的中国梦正待由无数个满怀着希望的人追梦不止,虽"简陋"犹"华丽"的中国人来完成!

载于《人生与伴侣》

这世界唯有爱,是可以让我们栖息的地方。有爱的地方,才是家。

把足球踢到太空去

文 / 大可

任何卓越的胜利总多少是大胆的成果。

——雨果

"嗨！能不能加入你们啊？"就是这样一句话，让他一步步向着更为宽广的天地跨越。

儿时的他，除了功课，就爱运动，什么乒乓球、皮球、踢毽子等，在小伙伴中，他都能把很多人比下去。念小学四年级时，一次偶然的机会，他踢了一次足球，这才知道原来有运动项目可以让人为之痴迷、为之癫狂。

然而，他所居住的地方，方圆附近很少有足球场，当看见别人踢足球时，他特别渴望参与，可球队已不缺员，没有人理会他，每次他都只得快快离去。

一次，他又见到一群少年人在绿茵场上奔跑、腾挪、跳跃，疯狂挥洒着青春朝气……他在一旁看着，热血沸腾，终于鼓起勇气："嗨！能不能加入你们啊？"没想到迎来的竟是笑脸和点头。这让他非常激动，原来实现愿望就只需要一点点勇气。从此，那原本不多的绿茵场上，总能见到他那矫健灵动的身影。绿茵场也在他心中一天天扩展着，成为他奔向远方的梦。

由此，他踢球的能力日益增强，也越来越自信，说，我就是"东单C罗"。大一时，他不用太费劲就拿下了全校足球冠军。

他是电子科技大学的高才生，1999年大学毕业后，进入西门子公司工作。公司非常器重他，没多久，就被派到特拉维夫参加培训。

在特拉维夫，一天他似乎听到一种召唤声：去耶路撒冷看一看，那儿也许正进行着一场高水平的足球赛。同事却阻止他：很危险！因为当时以色列枪击爆炸案频发，但他一点也不在意，如期起程。

就是这次培训让他明白，他的足迹是不能只囿于中国的。在西门子不到两年，已是公司高管的他向老板递交了辞呈。同事们都以为他要跳槽，老板也觉得自己被愚弄了。没想到他只是带着一双足球鞋，一个2010年世界杯用球，一只打气筒就上路了。他要看到世界上顶级水平的足球赛，要让自己的足球水平离世界顶级水平差距不会太大。

他的这次远行，让他收获多多。如一些国家能踢球的场地实在太多，坐两三站地铁就有一片草地和一群踢球的人。但他不是逢球就踢，只是高水平对决时，他就要求参加，如在巴西里约，他偶遇America俱乐部职业队正在进行练习赛，走到场边便用他一贯的口气说："嗨！能不能加入你们啊？"结果，他作为替补上场踢了25分钟，打入两球，让他顿时"有一种业余球员突然冲进世界杯的感觉"。

一路走一路踢球，让他感受最深的是那些队员们的认真劲儿。他曾在纽约踢了两场球，所有队员一旦带球被抢断，马上就会进行反抢；不小心摔倒在地，没有任何犹豫就会起身追球；被对手突破，没有沮丧，马上积极补位……

就这样，在392天里，他从欧洲出发，再走印度和东南亚，接着是非洲，然后是北美洲、南美洲等，最后去澳洲，和25个国家的足球队切磋和

学习技艺。他说，语言不通不是问题，如西班牙语他只会数数，在手机上装一个谷歌翻译，就靠这个与人交流。

梦想有多远，脚步就会有多远。也许人们不怀疑他能到达世界的尽头。然而，这次他竟让人惊讶得合不拢嘴，因为地球已经容纳不下他了。

在南美的时候，他看到了一个"凌仕太空行"的计划，嗨，上太空，太美妙了！他还是说出了惯常的那句话："嗨！能不能加入你们啊？"他被登记了，在接下来的网络投票中，他成为中国区海选出的三位选手之一。

进入美国 NASA 太空训练营后，人们还是不住泼冷水："看看另外两个人吧！是明星韩庚和果壳网创始人姬十三啊，你就是去打酱油的。"然而，选拔结果出炉，成绩最好的他第一个获得了"太空船票"。不错，他就是1988年出生于成都的赵行德。

太空选拔测试，考验的是体能、热情、勇气、真实和团队合作。大学毕业后，他的朋友忙着工作、恋爱、结婚、买房，赵行德却满世界跑，每年要踢40场足球，体能自然最好。至于热情和勇气原本就是他的特长。这些当然重要，不过真正让他拿下决定性分数的，是在团队合作中。

考官给了一大箱材料，要求队员们组装一个火箭并且发射。为了体现"创意"，同队的法国人和香港人决定用曼妥思加可乐来实现火箭喷射。赵行德心想：这也太 Low 了吧？这次他并不是："嗨！能不能加入你们啊？"而是从箱子中找出来一个真正的组装火箭"配方"，连推进剂都有。

当赵行德提出"嗨！你们能不能加入我的啊？"却遭到了队友们的拒绝。正如他所预料的一样，可乐火箭只发射了半米高，惨遭失败。考官却因此记住了赵行德："这位先生明确告诉了大家一个更简单明确的方法，可惜你们都没听他的。"

2015年，赵行德将要把足球踢到太空去。在 NASA 太空训练营，他一次次进行着此项训练。

"嗨！能不能加入你们啊？"此是热情，是勇气，自然也是技艺的不断提高。结果是："嗨！你们能不能加入我的啊？"也就能自信满满地获得"太空船票"，让自己的梦升到高高的太空去。

载于《当代青年》

有时候能够成功，不过就是有很大的勇气，仅此而已。俗话说，撑死胆大的，饿死胆小的。细想一下，不无道理。

旅行成为学习的原动力

文 / 嵇振颉

因为有梦，所以勇敢出发，选择出发，便只顾风雨兼程。

很多人外出旅游，可以概括为一句话："上车睡觉，下车撒尿；到景点拍照，回来一问——啥也不知道。"不过，下面这位成都"甜妹子"却在旅行的逼迫下，学会很多有用的技能。旅行成为她不断学习的原动力。

她的旅程，是从到法国留学开始的。因为学习压力不大，一到周末或者假期，她便起早贪黑穿梭于各大景点：凡尔赛宫、罗浮宫、昂布瓦斯城堡、奥塞博物馆……整整一年半时间，行程满满当当，足迹遍布法国的犄角旮旯。虽然走的地方很多，记忆里却没有留下什么东西。于是，她只能在一大堆照片中寻找"到此一游"的感觉。

一个很偶然的机会，让她的旅行不再是疲于奔命。到达开普敦后，她遇到一位导游凯特。接过对方递来的行程表，她一下子傻了眼。问凯特为什么不带自己去那些闻名的景点，凯特这样对她说："我给你安排的景点，肯定比那些地方更精彩，只要你相信我就好。"于是，她像一只温驯的羔羊，跟着凯特去了开普敦的著名景点——"桌山"旁边的"狮子山"。狮子山前拥波光粼粼的大西洋海湾，背枕一座乱云飞渡、同样可以俯瞰开普敦市和桌湾。站在狮子山的山腰，望着桌山上簇拥的人群，她这才明白导游的苦心。

这天旅行结束，导游问她是不是学过划皮划艇或独木舟。她说没有，导游告诉她要临时改变行程，这也就意味着出海捕鱼这个项目将被取消。她不答应，能亲身感受捕鱼的乐趣及人鱼齐欢的氛围，是平时难以收获到的喜悦。她想象着这样的场景：当渔网慢慢地沉入海里，当海风轻轻地拂过脸颊，等待收获的同时也享受着海上的一切。拗不过她的意志，导游只好同意明天让她去试试，不过事先需要签署一份责任承诺书。

第二天，她和同行的另两位小姑娘上了一条塑料小船，往附近的一座小岛划去。凯特在背后大声地喊着，让他们不要往海里走得太远。可是因为巨大的波涛声，她根本听不见。随着风浪越来越大，小船开始不受她控制，随着洋流的走向越漂越远，她开始感到害怕，甚至感觉到死神在一步步地逼近自己。幸好周围出现一只路过的航船，这才把两个身陷危险的女孩救了上来。

事后她从凯特嘴里得知，划皮划艇和独木舟需要经过学习，目的就是为了防止意外、降低风险。旅游也要学习，这是她第一次听到这样的说法。"如果不具备一定的机能，旅行只能停留在很浅的层面。即使去的地方再多，也不能从中有所收获。这样的旅行还有什么意义？"凯特诚恳地对她说。

她明白学习技能的重要性，就这样拥有多项令人羡慕的傍身"技能"：能自由行走南美洲的"西班牙语"、航拍及后期剪辑、能够追赶上"鲸鲨速度"的自由泳技巧、潜水、滑雪、划皮划艇、驾驶雪地摩托车……抱着对这个世界的好奇心，她仍在不断地学习。

此外，她几乎不以到访名气景点作为旅行目的，也不以刷新全球足迹为光荣任务。她去南非克鲁格国家公园追寻野生动物，北极追寻北极熊，在加勒比海同魔鬼鱼亲密接触，在毛里求斯和海豚一起游泳，去墨西哥和

鲸鲨一起游泳。

就这样，技能的学习和旅行形成良性互动。每学习一项技能，就为她打开一扇通往未知旅程的大门；而为了去更多有趣的地方，逼迫着她不断学习。

她叫田恬，"以旅行为动力，让自己不断进步。这就是我的人生哲学——旅行动力学"。正是她口中的"旅行动力学"，让她在七年内，足迹踏遍全球 36 个国家 262 个城市。旅行观念的不同，让每次旅行都产生了丰厚的附加值。

当旅行成为学习的原动力，也为她的人生增添了一抹亮丽的色彩。

载于《东方青年》

有些人把旅行当作体验生活，开阔视野的方式，可是大部分人只是把旅行当作享受生活的方式而已。带着旅行去学习，一路上看见的不仅是风景，还有那些赖以为生的技能。

梦中意境

文 / 云轩一士

自信和希望是青年的特权。

——大仲马

黑夜，给忙碌一天的人们追梦的大好时机。虽然已过了追梦的年龄，但是梦境让我看清潜意识中被压抑的欲求。睡梦中，经常会出现那条带有梦幻色彩的小路，行走在其中，仿佛回到童话的年代……

忙完手头的杂务，终于可以卸下"面具"，重新可以做回那个真实的自我。黑夜给了我一双黑色的眼睛，我却用它来寻找光明。或许在现实中，我无法达到理想中的乌托邦。不过没有关系，梦境提供了充足的想象空间。拉上窗帘，点上一支淡淡的清香，最后关闭灼眼的灯光，我终于可以亲吻梦乡的甜美。

虽然已经入睡，但思维还是有些清醒。我知道，这只是在梦境中、绝不是现实，但这并不妨碍我欣赏周围的风景。旅程是从一片茂密的竹林开始的，竹林碧绿碧绿的，好似一块纯洁的翡翠。空气中，弥漫着一股翠竹的清香。过了那片竹林，就来到一条铺满花瓣的小路。路的两边，各种树木参差不齐、各领风骚。树上开着各色艳丽的鲜花，有我认识的、叫得上名的，但更多的是我没有见识过的。相比刚才竹林中的清香，这里的香味更为浓厚、沁人心脾。我完全沉醉在这天国般的浓香中，贪婪地吮吸着香

味,好像在品尝一款香气四溢的名酒。一阵清风吹来,树上的花瓣纷纷飘落,有的悄无声息地落到地上,有的扑打在脸庞上。看着在空中肆意飞舞的花精灵,不忍心去打搅他们的舞蹈。对于掉落在地上的花瓣,我更是怜香惜玉,不愿意踩到他们。这时,听到远处传来了悠扬的竹笛声……

笛声好似来自天籁,时而急促、时而舒缓。我循着声音的源头,朝那个方向赶去。想象着吹笛者的容貌,那一定是一位"女神"。终于,看清了她的容貌,果然是闭月羞花之色、沉鱼落雁之容,犹如天上的仙女下凡。只见她身着一袭白衣,脸上略施粉黛,不像现代女子的打扮。对于我的意外出现,她并没有感到任何害羞,依然如入无人之境,制造着悦耳的曲调。不想干扰她吹奏的雅兴,只是在一旁静静地听着。一曲终了,她冲我淡淡一笑,随后身体像羽毛一样飘浮起来,转瞬间消失在眼前。

没有感到任何失落——既然此女子不属于凡尘,又怎会在我这个凡夫俗子面前停留更多时间。她肯将尊容留在我的脑海中,对我已是莫大的恩赐。继续向前漫无目的地走着,不知道将走向何方……

喜欢这样行走的方式,虽然有些盲目,但这正是人生的终极意义所在。也许,人生本来就没有意义。至于生命的意义,很大程度上是由人们的意志赋予上去的。人的一生存在着生命时态,年幼时,生命状态是将来时,总是对未来充满无限的憧憬,希望自己快快长大;成年后,生命状态是现在时,注重当下利益,视线更多停留在脚下的每一步。由于一直被生存负担重压,已经对未来没有太多的思考。年老时,生命状态是过去时,由于时日已经不多,生命华丽乐章的高潮已经过去,因此总是在回忆过去的经历。在回忆中,既有喜悦,也有哀愁和烦恼。不过经历了回忆和反思,内心会归于平静。正如刚才的所见所闻,只不过是过眼云烟,时间让一切成为历史,似乎好像没有留下任何痕迹。但是,人就是生活在探求生命意义的道路上,正如我在梦境中所做的那一切,依然会无怨无悔地走下去,直到走不动的那一天……

带着微笑从梦境中走出，东方的天空已经慢慢吐白。新的一天又在等待我，更多的可能性和选择又摆在我面前。有过梦境中奇幻式的经历，我不会为自己的选择而后悔。只要演绎出属于我自己的精彩，我就心满意足了。想到这一点，我自信地踏上崭新的"征程"。

载于《妙笔·阅读经典》

梦总有醒的一天，那些斑斓的色彩总会消失，但是重要的是，有了微笑和自信，现实生活灰暗的色彩也会变得明亮起来。

独行青春里的美妙歌声

文 / 安一朗

> 在这座城市里，我相信一定会有那么一个人，想着同样的事情，怀着相似的频率，在某站寂寞的出口，安排好了与我相遇。
>
> ——张爱玲

一

林小小读高一时，偶然听见一首老歌，然后她着了魔似的喜欢上那位十几年前的歌手，把这位歌手演唱过的所有歌曲听了一遍又一遍，那些纯美又略带忧伤的老歌让林小小如痴如醉。

小时候的林小小是个活泼快乐的女孩，她在少年宫学唱歌，连音乐老师都夸她像只百灵鸟。后来上五年级那年，林小小生了一场大病，病愈后，由于药物的副作用，身材瘦小的她日渐长胖，变成了大家眼中的胖子。

那一年，林小小参加了最后一次唱歌比赛。她发挥出色，却只得了第三名。"唱得确实好，但胖成那个样子……可惜了。"一个同学不经意地一句议论落入林小小的耳朵，在她平静的心里掀起了滔天巨浪，她惊呆了，也瞬间明白了身边的同学一天天疏远自己的缘由。宣泄般号哭了一个晚上后，林小小像是变了一个人。她再也不肯当着别人的面唱歌了，整日耷拉着脑袋，对谁都鲜有话说。

二

在班上一群爱笑爱闹的同学中，林小小像一只落错枝头的鸟儿，她找不到自己的同伴。因为沉默，成绩中等的她时常被人遗忘。被遗忘对林小小来说倒是件好事，但班上总有一些调皮的男生不放过她。

有一天她正准备进教室，突然听到有个男生说："林小小的父母也真够绝的，女儿都胖成那样了，还叫她小小。"说完，一阵哄笑声在教室里回荡。

"洪宇，你嘴巴太损了，欺负女生有意思吗？"一个女孩及时制止了这场闹剧。林小小听声音就知道这是班长程灵。

林小小阴着脸推开门，径自走进去，刚刚还喧闹的教室顿时鸦雀无声。

作为班长，程灵一次次主动接近林小小，但林小小不为所动，她冷漠而倔强地拒绝了程灵的友善。那些不为人知的忧伤，程灵不会懂，林小小不需要别人的同情和怜悯，她只想活在自己的世界里，独自忧伤，独自歌唱。

林小小冷漠得像一块冰，但班长程灵就是铁了心，要用自己的热情融化这块冰。她想走进林小小的世界，帮她打开紧闭的心扉。十六岁如花的季节，岂能如此安静而消沉？

三

程灵一次次的努力都是徒劳。林小小冷漠的表情拒她于千里之外。

只是程灵没有看见，在她垂丧地转身离开时，林小小眼中闪现过柔光。林小小对程灵的热心和善良是有感知的，也充满感激，但她紧闭自己的心扉太久了，她不知道要如何打开，不知道打开后又将会遭遇怎样的

境况。

　　林小小沉默不语，却也在冷眼旁观。她已经知道了那天在教室里大声喧叫"林小小，人小小，却是个大胖子"的男生叫洪宇，一个长相清秀，却很调皮的男生，在班上常惹事。时常有女生向班长程灵告状，说洪宇欺负她们。程灵每每将洪宇抓来一顿训时，他会装得可怜兮兮，连连认错，保证以后再也不敢。程灵让他向大家道歉，他一脸悔过自新的表情常惹得众女生一阵大笑，在他向众人诚恐诚惶地点头哈腰时，眼珠子却在骨碌碌地转，一个坏点子又来了，闹得大家又好笑又好气。

　　班上出了这个活宝级的人物，无聊、单调的学习生活倒也增添了不少乐趣。教室里，只要有洪宇在，总是笑声阵阵，骂声四起，喧哗不堪。

　　林小小看着他们开心地笑，有时心里竟也很羡慕洪宇的洒脱个性，他虽然爱逗乐别人，但心眼并不坏。林小小也羡慕程灵，觉得她是上天特别惠顾的女生。

四

　　有一天傍晚，林小小去教室晚自习。时间尚早，空荡荡的教室里只有她一个人，伫立在窗前，望着天空中绚丽的晚霞，林小小沉浸其中，不经意地哼唱起一首经典的老歌。可能是太投入吧，笼罩在夕阳余晖中的林小小唱得忘乎所以，那深情、悠扬的歌声随风飘荡。

　　不知过了多久，门口突然传来叫好声，林小小的歌声戛然而止。

　　"哇！唱得太好听了！天籁之声呀！"洪宇竖起大拇指，一脸惊喜。

　　林小小的脸霎时像抹了胭脂，她习惯性地低下头，不吭声了。

　　"对不起！打断了你美妙的歌声，我实在是情不自禁才叫出来的。"洪宇说。

　　"你继续唱吧，你唱得真好！"洪宇接着说。

　　"谢谢！但请你为我保守这个秘密。"过了一会儿，林小小突然低声说。

洪宇想不明白，林小小为什么不愿意让别人知道她能唱出如此美妙的歌声呢？

后来的日子里，林小小一如既往地沉默，每天形单影只。洪宇却无法当作什么事情都不曾发生，他被林小小的歌声震住了，他觉得自己曾经嘲笑她胖简直是太幼稚了，这个外表平凡的胖女生原来很不一般。

林小小从来没有想过，会有男生这样称赞她。当她再次见到洪宇时，内心忽然间感到慌乱又甜蜜。她是一个敏感而心思细腻的女生，想着洪宇那天黄昏对她说的话，林小小的嘴角悄然绽放出一抹明媚的笑，但当她听到班上的同学盛传洪宇喜欢班长程灵时，林小小刚刚开启一条小缝的心扉再次严严实实地关闭了。

一天课间，程灵跟以往一样，又主动跟林小小打招呼。

"别假惺惺好吗？我很累。"林小小盯着程灵说。

"小小，你为什么这样说？"程灵哽咽着问。她不明白自己做错了什么，她只是想帮林小小走出孤独，让她快乐起来。

看见程灵流泪，几个围观的女生赶紧跑过去安慰她："班长，别人不领情，何必委屈自己？"

"好心被狗咬，能不伤心吗？"

"死胖子，不知好人心。"

众女生骂骂咧咧，所有矛头都指向林小小。

林小小心如虫噬，她也不明白自己怎么会说出如此伤人的话。难道……脑海中突然闪现洪宇微笑着的脸庞时，林小小惊呆了。

五

时间有条不紊地从身边滑过，像暗夜中潜行的溪流。

升上高二，随着文理分科，林小小已经很少看见洪宇。程灵依旧是林

小小的班长，但自高一期间发生的事情之后，她再也没有主动找林小小说过话。林小小心里充满歉意，但不知道怎样请求程灵的原谅。

随着高考的临近，在紧张的学习中，林小小总会患得患失，她会想起洪宇嬉笑的脸，会想起程灵扑簌簌滑落的眼泪，心里怅然若失。

临毕业那几天，洪宇拿着毕业留言册站在林小小的面前说："老同学，赏个脸，帮我留个言吧！"林小小惊讶地望着洪宇，心跳骤然加快。

"真希望还有机会听你唱歌，你的歌声简直是天籁！虽然我一直为你保守这个秘密，但我还是觉得你的歌声应该让更多的人听到。"洪宇继续说。

林小小怔怔地望着洪宇，表面平静，心潮却暗自涌动。

程灵的留言册是在高考结束的那天才送到林小小的手中。林小小面对微笑的程灵，看着空荡荡的教室，心里充满了离别的愁绪。她低下头，真诚地说："程灵，以前的事对不起！但我会记住你曾经对我的好。"程灵惊讶地望着林小小，她没想到，这个冰一样沉默的女孩会亲口对她说这些话。

"小小，那天我来教室时，不经意听到了你和洪宇的对话，才知道原来你也是个爱唱歌的女孩，找个时间我们一起去唱歌吧！"程灵热情地说。

"好啊，一定要邀上我！"不知什么时候，洪宇已经站在她们面前了。

林小小害羞地低下头不吭声了，脸上却挂着笑。这段孤独行走的青春结束了，她再也不要一个人寂寞地歌唱了。

载于《时代青年》

那时候的我们，总是喜欢把自己藏得很深很深，可是，只有自己清楚，自己该多寂寞。

我们为班花狂

文 / 冠豸

青春的幻想既狂热又可爱。

——约肖特豪斯

一

15 岁的我喜欢我们班花。

我像班花的忠实保镖，总是不远不近地跟着她，尾随在她回家的路上。我在意别人对她的态度，希望全世界的人都像我一样喜欢她，对她好，但又不愿意她对所有人都好，只希望她对我一个人好，对我一个人笑，只对我一个人倾诉内心的秘密。

可是班花不懂，她从来不懂有个男生在为她痴狂，为她快乐或忧伤，为她患得患失，为她在自己 15 岁生日许愿时，偷偷许下，可以跟她相约到白头。15 岁内敛、懦弱的男孩，因为自己的喜欢，可以为她变得坚强和勇敢。

我从来没有想到，我居然能够把练跆拳道的魏勇一下就放倒在地上，仅仅因为魏勇在我面前说："班花是头猪，什么都不会。"她怎么就什么都不会呢？她的作文写得好，次次被老师表扬，她的字写得漂亮，一个一个娟秀、工整的字充满了灵气，她的舞跳得也好，在舞台上裙裾飞舞，曼妙

婀娜，她还会弹钢琴，还会唱歌……一个多才多艺的漂亮女生，怎么能够被说成"头猪"？魏勇就是欠揍。

其实魏勇说的也是实话，班花的物理和化学确实是太差，每次考试都不及格，那么简单的题怎么就不会？看她上课挺认真，都听到哪儿去了？我心里为她着急，魏勇也替她着急。我知道魏勇也喜欢班花，全班人都知道魏勇的喜欢，他在班上公开说过。可是魏勇还是骂她了，骂她是头猪，把她骂哭了，我怎么能不把他放倒在地呢？就是欺负一个女生也不可以，何况她还是班花？是我们男生都喜欢的女孩。

魏勇并不知道我也喜欢班花，当我把他放倒后，他对着我嚷："我骂班花又没骂你？你以为你是班花呀？""我不是，可是你太欺负人了！你怎么可以骂班花是头猪呢？"我理直气壮。围观的同学跟着起哄，魏勇红着脸没再闹。

我和魏勇不是一路人，虽然我们的成绩不相上下，但平日里没什么交往。他总是静不住，喜欢嚷嚷，喜欢表现，喜欢做一些和自己意愿相反的事。明明是喜欢的，他却处处刁难，处处作对，让对方难堪，他走了一条和我截然相反的路来表现自己对班花的喜欢。

二

安静、内敛的人总是更容易与女生交往，她们喜欢找我说话，喜欢邀请我加入她们的活动，喜欢在她们遇见问题时，让我为她们拿主意。我也愿意多和其他女生一起交往，毕竟这样才不会被人发现我的喜欢。我不想自己的心事被人知晓，那是属于我自己的秘密。

我从来没有在班花面前流露出自己的喜欢，我怕被她知道后，她会认为我多么浅薄，毕竟我不是魏勇，不会高调张扬。我一视同仁对待身边的女同学，可内心里，却又多希望她能够读懂我的心思。为了帮她提高物理和化学的成绩，我就先诚恳地向她请教写好作文的窍门，然后交换着，我教她解决物理、化学的难题，我认为这样是最好的途径，是一种"双赢"，她的自尊心不会受到一丁点儿的伤害。

喜欢听她说话的声音，喜欢看她说话的样子，她每次教我写作文时都会说，用心写，把心里想的都写出来。她说话的口吻那么温柔，让我常常都有一种错觉，她可能也喜欢我吧。她还借了很多对写作文有帮助的书给我看。我教她时，也是小心翼翼，极尽温柔。

隔着一张桌子，我们面对面坐着，窗外是白云朵朵的艳阳天，葱翠的绿树在灿烂阳光下恣意张扬。教室里，穿堂风拍打着窗棂，斑驳的阳光在教室里铺陈开一幅光怪陆离的黑白画，一切都那么和谐。

我一脸微笑，用笔指着书本，用最简单的话语陈述书中复杂抽象的原理，还在稿纸上画了一个又一个图形，只希望她能看懂。她听得很认真，长长的睫毛下一双大眼睛扑闪，她时而盯着书本，时而把目光转到我脸上，手挠着头，露出疑惑的表情。

"明白了吗？"我轻声问。

她摇摇头，脸上呈现出胭脂色。

"没关系，我们再来一次。"我耐心地又重头再讲一遍，心里却有些抓狂了。怎么就理解不了呢？多简单的问题呀？只要转几个小弯就搞定了。说实在的，在理化方面，她还真是木鱼脑袋，不开窍。怪不得魏勇会骂"班花是头猪"，估计他也花了不少时间教她解题，但这次解决了，下次她又忘记了，周而复始，让人耐心尽失。

难道真是脑袋长得不一样？她写起作文来，文采飞扬，思路清晰，可是一遇见理化就一脑袋糨糊了，那么简单的题，讲了五遍，她还是一知半解，真是急死我了。

我在心里暗暗和魏勇竞争，我教她，他也教她，我希望我的解题方法更简单易懂，我的解题思路她更能理解。就是态度上，我也要强过魏勇，那家伙性子急，一急就净说胡话，还骂她是头猪，把她惹哭了。她说再也

不要魏勇教她了,一点都不好。

三

我有点后悔把魏勇当众放倒在地,这样我也喜欢班花的事就人人皆知了。

魏勇后来时常骂我是小人,乘人之危。那些女生也感觉我利用了她们的好感,对我突然就冷淡起来。还好班花对我却是热情依旧,只是我自己,因为心思被知晓,再也装不出过去一派"正人君子"的表情。再教班花解难题时,就会莫名脸红,说话也支吾起来。

魏勇虽惹哭了班花,班花也说过再也不要他教了,但魏勇还是有事没事就围绕在她旁边,有时故意为难她,有时又积极帮助她,哗众取宠地逗她笑。时晴时雨的魏勇,谁也捉摸不透他真正的心思。或许,这就是他喜欢班花的表现吧。

看魏勇不是把班花惹哭,就是把她逗笑,我心里异常恼火。这个魏勇,把自己当谁啦?我和他形同水火,势不两立。很多次,我都想对班花说,让她以后别理魏勇了,可这样的话我说不出口,我怕给她留下"心胸狭窄"的印象。

魏勇见班花对我好,见我们一起讨论作业时说说笑笑,也是一脸寒霜,三番五次故意来找碴儿。特别是有一次学校文艺会演,老班要在班上选几个人,排练一个小节目。以往都是班花带着几个女生跳舞,但这次老班要求男生也得参与。

班花是文艺骨干,她提议她弹钢琴,我拉小提琴,选几个同学合唱,这样场面就好看了。老班听后,频频点头。我正得意时,没想到,魏勇毛遂自荐,说他也会拉小提琴,他想和班花配合。我知道魏勇也学小提琴,在小学时,我们同台比赛过,名次一样,都是三等奖。

听了魏勇的话,老班就建议我们一起配合班花。为显大度,我站起身说:"我觉得这样的安排挺合理的。"然后转过头对班花笑。魏勇想取代我?没门。在排练过程中,魏勇对我提出的建议那是一百个否定,他的想法很多,滔滔不绝说个不停,要多烦人就有多烦人。

　　班花对魏勇倒是客气的,他的提议,她有些接受,有些否定。她接受魏勇的提议时,他就一脸掩饰不住的欣喜,得意扬扬,而建议被班花否定时,就闷闷不乐,缄默其口。班花早知道我们不和,就一定强调要我们好好合作,不能再起事端。当着班花的面,我们都大笑着故作亲密一口答应,男子汉嘛,哪能计较这点鸡毛蒜皮的小事,一旦班花走开,我们就原形毕露,横眉竖眼,恨不得一脚把对方踹走。我想变脸也就那样吧。

　　排练几天,班花夸我琴技好时,魏勇就不舒服了,他喃喃自语:"没听出好在哪?"我瞪他一眼,颇为得意。有班花肯定就行了,至于魏勇的看法,一点都不重要。魏勇哪是那么容易认输的人?他暗自努力,练得比我还勤奋。

　　在排练节目的过程中,也是我和魏勇斗智斗勇的过程,在班花面前,我们故作亲热,她一离开就怒目相视。我们挖空心思各显神通讨好班花,哄她开心……后来,当我和魏勇真正成为朋友时,我们一起回首那段往事,都会禁不住开怀大笑。那时的喜欢多单纯呀,只是希望看见她笑,一切都有意义了。

四

　　为了引起班花的注意,为了逗她开心,我做了很多以我内敛的性格很难做出的事,我不在乎别人的嘲笑,变得勇敢,变得爱说话,甚至能言善辩了,特别是和魏勇争论时,我是一句也不想输给他。那样的疯狂,都是因为班花。

　　魏勇也一样,他用自己的方式和我竞争,他故意惹她哭,也用心逗她笑,他为她重新拾起快要荒废的小提琴,练得专注而投入。小时候,他是

  被父母逼着拉琴，后来是为了班花疯狂拉琴。他直言不讳地说过，他所有疯狂的举动都是为了班花。

  魏勇的喜欢和我的喜欢一样执着、纯洁、真切，想表现自己是理所当然的，想排挤对方也是势在必行，我们喜欢我们的班花，我们为她疯狂。

  年少轻狂的岁月，我们都不想输给对方，不想让对方抢走自己的"喜欢"，即使那是一段纯洁得连牵手都没有过的"喜欢"，我们依旧如痴如醉地疯狂着，喜欢着。

  那是 15 岁那年最难忘的事情。

载于《才智》

  有什么呢，因为年轻，因为可以拼，可以追赶，可以勇敢。

  那是青春全部的意义。

与一只"蝶"不期而遇

文 / 龙岩阿泰

我们的行动就是我们的最后审判人。

——欧·梅雷迪思

一

那次讲故事比赛结束后,我悻悻地离开,心里充满失落。准备了那么久,却因为抽签抽到第一个出场,我完全乱了阵脚,那些熟记在脑海中的故事被我讲得支离破碎。垫底的名次让我对自己讲故事的水平产生了严重的怀疑。

低着头,我郁闷地在操场上溜达。"哎哟!谁呀?"一声清脆的叫声吓了我一跳,抬头看,原来是我硬生生撞上了高一届的学姐——张彩蝶。她正捧着书本在默背英语单词,嘴里念念有词时,被低头走路的我撞上了。

我认识张彩蝶,她是校花,而且成绩顶呱呱。漂亮的女生总是男生注目的焦点,再加上好成绩,她在校园里可谓是"叱咤风云"的明星级人物。

我慌忙蹲下身帮她捡起掉在地上的书,递给她时,她嫣然一笑,说:"在想什么呢?看你无精打采的样子。"

我没想到，传说中高高在上的张彩蝶原来待人这么亲切，傻笑了一下，挠着头不好意思起来。"这么腼腆呀？男生还脸红。"说着，她"呵呵"地笑了起来。我跟着尴尬地笑，脸在瞬间涨得更红了。

"好啦！不逗你。我认识你，低我一届，文艺会演上，你讲的相声真的很逗！"张彩蝶说。她居然认得我？还记得我讲的相声，真是意外，心里禁不住乐开了花。

人与人的相识，有时就是不经意间的不期而遇。很奇怪的感觉，初次相识，却像是久违的老朋友。我感觉得到，她也愿意和我说话，而且聊得很开心。

张彩蝶对我的态度让我有了倾诉的冲动，我一股脑儿把心里不痛快的事说了出来，最后还懊恼地后悔："早知道不参加，多丢人，居然垫底了。"

她睁大眼睛看我，不解地问："你不是喜欢讲故事吗？而且你口才极棒，准备的过程应该才是最重要的经历，这有什么不开心的？名次好固然值得庆贺，但你做了你喜欢做的事，你也有你自己的价值，有什么不好呢？"

我没理解过来张彩蝶的话，但能够说出心里的不开心，感觉就好多了。

二

一个校园里，熟悉后，我们又在操场遇见过几次，每次她手里都拿着一本书。于是我好奇地问她干吗走哪儿都带着书。

她看着我，扮了一个苦笑的表情，说："时间不够用呀，你以为好成绩都是天上掉下来的呀！"听了她的解释，我才知道，她每天放学后，除了要去上声乐课，还要练舞蹈，作业基本上都在放学前完成，回到家里，还要完成她自己制订的学习计划。

"你这样不累吗？马不停蹄的。"我问。实在有点想不明白她干吗这样折腾自己。

"都是我喜欢做的事，哪样都不想放弃，所以就累并快乐着。"她笑笑说。

"专攻一样不是更容易出成绩吗？"我有些势利地问。我做一件事情，就想做到最好，参加比赛，就想得好名次。

"有成绩当然好，不过那又怎么样呢？我做自己喜欢而且愿意做的事，我努力了，结果就不重要了。鱼和熊掌两难选择时，我就都不放弃，因为放弃哪样我都会难过。我更在乎自己努力的过程。"

我不理解张彩蝶的话，她真不在乎结果吗？那她那么努力干什么呢？

我的成绩也不错，但我做什么事都想争第一。往往现实与梦想总是背道而驰，让我提不起精神。我总觉得付出了努力就一定要有收获，要不就不去浪费时间了。

"其实你不知道，在学唱歌的人中，我属于最没天赋的，而且嗓音条件也不好，不过，我自己喜欢唱，而且我姥姥特别喜欢听我唱歌，所以我就一直在学。我当然知道，我以后成不了歌星，那也不是我的梦想，不过，我就是喜欢用唱歌来表达自己的情感，能否赢过别人一点都不重要，重要的是，我觉得自己比前有进步了，我特开心。"张彩蝶絮絮叨叨，讲得神采飞扬。

这和我印象中的优秀生一点都不一样。毕竟人的天赋不同，有些东西自己虽然喜欢，却没能力做好的，大家都是尽可能扬长避短，谁愿意让自己在众人面前出丑呢？

我挺怀疑张彩蝶的话。

三

学校里的活动很多，我终于逮到一个机会，想亲自验证一下张彩蝶对结果真的像她自己说的那么不在乎吗？

当校园卡拉OK比赛如火如荼地展开时，我怂恿她去报名。她果真报了名，还扬扬得意地对我说："要不，你也参加吧！"

我不敢，会唱歌的人太多了，我可不想在初赛就被淘汰掉，那太没面子了。

我听过张彩蝶唱歌，她真的属于没唱歌天赋的那种人，虽然学得很认真，但天生的嗓音条件限制了她。不出所料，她虽然在初赛时勉强闯过去了，但一到复赛就出局。

那天放学时，我原想好好安慰她几句，毕竟女生都脸皮薄，而且像她这种校花级别的优秀女生，影响力更是不同凡响，她的出局成了许多同学闲聊时的笑料，说她就爱出风头。我有一种负罪感，毕竟是我怂恿她参赛的，她现在输了，被人嘲笑，一定挺恨我。

见到她时，我低低地说："张彩蝶，对不起！"她奇怪地望着我，一脸迷惑的表情。"我不该鼓动你去参加唱歌比赛的。"我一说完，就把头低下。没想到，她居然"扑哧"一声笑了起来："我以为什么事呢？其实就算你没说，我也要参加的，去年我也参加了，但初赛就出局，今年我前进了一步，挺好的。"

我惊讶地望着她，这个面容清秀的女生，她长的是什么脑袋瓜子呢？学过唱歌的人，连初赛都没过，还敢再次参赛？怪不得……我突然明白了那些同学嘲笑她的原因。

"我参赛是因为我想参赛，我喜欢做的事，和别人有什么关系呢？我努力了，一点都不遗憾。可能我挺自私吧，我更在乎自己的感觉，喜欢经历一些事，结果呢？真的不重要。这次唱歌比赛，我唱了自己新学会的一首歌，感觉很好呀。"她侃侃而谈。

看来我的担心是多余的，看着她依旧笑容满面的脸，悬着的心终可以放下。

在好奇心的驱使下，我支支吾吾地问了她一个问题："像你这种容貌、成绩都很好的女生，难道不怕自己出丑吗？毕竟唱歌不是你的强项。"

"面子问题吧？那都是别人的事，我才不在乎，我在乎的是我自己的态度和努力程度，结果顺其自然。我们都是为自己活的，干吗要根据别人的看法来做选择呢？"张彩蝶说。

我听后，若有所思地点点头，确实找不到可以反驳她的话。

四

张彩蝶真的是一个奇怪的女生，她活得很自我。

我听她同班的一个同学说，有一次，老师推荐她去市里参加一个比赛，许多人都想去，但她居然拒绝了，她说她不想参加，因为没心情。那是一个难得的机会，她以"没心情"就放弃了。我后来询问她这件事时，她解释说，当时就是没心情不想参加，所以放弃。

"我从来不想勉强自己做自己不愿意做的事。但我愿意做的，即使我不擅长，我也会努力。每个人都有自己的价值，都有自己的想法，我按自己的想法过活，很快乐，有什么不可以呢？"张彩蝶说。

她的反问让我哑口无言。

她只愿意做自己选择的事，享受努力的过程，结果于她，从来不是件

重要的事。

这只不期而遇的彩蝶让我对人对事多了一分理解：每个人都是独立的存在，按自己的意愿行事有什么不好呢？就像她说的，只要是自己想做的事肯定会去努力，但天赋的东西总是存在，并非努力了就一定会有好结果，可是有没有好结果又如何呢，自己参与了，用心了，整个过程就是难得的回忆和享受，结果有那么重要吗？

她这种不在乎结果的人还真是少，毕竟我们付出努力时，就是希望有个好一点的结果。

载于《黄金时代·学生族》

我们经常会对一件事情抱有态度情绪，比如害怕做不好，你只需要去做就行了。

第六辑

在心里种下一首歌

　　而今，在月光如水的夜晚，我喜欢听听音乐，喝茶看书。不抱怨，不张扬，像一株植物一样，安静地活着。有朋友说，你变得更明媚了，有着动人的芬芳。只有我自己知道，在心里种下一首歌，是件多么美好的事。

似水流年中唯一的名字

文 / 冠豸

　　如果我们都是孩子，就可以留在时光的原地，坐在一起一边听那些永不老去的故事，一边慢慢皓首。

——郭敬明

一

好姐妹丁铃告诉我，有个男生，用我的手机打电话给她，说是路上捡到的，并让她传话给手机主人，第二天中午在"山泉"水吧见面。

"真的吗？有人要还我手机？"我兴奋地叫起来，自手机丢后，我一直像棵被烈日炙烤得发蔫的蒿草，做什么事都提不起兴致。

"声音很好听哟！说不准是个帅哥。"丁铃故意逗乐我。

"管他是不是帅哥，能把手机还我就是好人。"我说。

这是我第三次丢手机了，前面的两次，手机丢后就被关机了。这年头，丢了东西能找回来的概率太低了，我感觉自己特别幸运，而那个捡到我手机的人，真是天底下难得的好人。

二

一放学，我和丁铃就急着赶到"山泉"水吧门口。

"山泉"水吧是这个城市里很出名的一个娱乐场所,学生中,没有人不知道那个地方。在等人的过程中,我突然想到了一个问题,那个还我手机的人,他会不会向我要钱呢?

来来往往的人很多,我猜测着,到底是哪个人捡了我的手机?

"晏子,你说那人会来吗?"等了一阵,还我手机的人还没出现时,丁铃问我。

"谁知道呢?这消息还是你告诉我的。"我有点心灰意冷了,不知道那人是不是故意耍弄我。心里烦闷,我随脚踢开了一团别人丢在地上的广告纸。

"好准呀,谁抛的绣球?"对面站着一个正在拨打手机的男生,在我把纸团以一道优美的弧线踢到他脸上时,他抬起头说。

很清秀的一个男生,可是这张嘴也太能占便宜了。我不屑地想,心里正担心着我的手机,赏了他一记"白眼球"后,没再理会。

"晏子,你说那男生会不会改变主意了?我们都等了十来分钟。"丁铃又问我。

我瞪了丁铃一眼,她才闭嘴。就在我瞪眼时,丁铃的手机欢快地唱起凤凰传奇的《荷塘月色》,虽是俗气的铃音,但在这时的我听来,那是世上最美妙的歌声了。

"喂!"丁铃急切地接听手机,然后马上问:"你怎么还不来呀?"

我却是愣住了,目瞪口呆地看着刚才那个嘴贱的男生,他一边拨打电话,目光也随之转了过来。不会吧?难道是他捡了我的手机?

"你们好!"他露出一个迷死人不偿命的微笑。我尴尬地应了声,再不敢说话。倒是丁铃,欢喜雀跃,马上甜甜地说:"你好!"

丁铃见了帅哥眼睛马上发亮。见她又犯"花痴"了,我急忙扯了扯她的衣服,示意她不要忘了此行的目的。我真怕丁铃一激动就和帅哥聊个海阔天空,然后忘记正事。

丁铃拨开我的手，向前走了一步，脸上堆满笑容，娇柔地望着面前的男生，嗲嗲地问："为什么迟到呢？"

老天，又不是约会！她这是干吗？我急忙挤过身去，说："是你捡到我的手机吗？"

他说是。

望着这个眼神清澈的男生，我有一种似曾相识的熟悉感。他也在走近我后眼神愣了一下，说："这是你的手机，给你。"

在我伸出手，准备去接手机时，丁铃抢先把手机拿了过去，还突然大叫一声："慢着！怎么就结束了？晏子，你至少得请帅哥喝杯果汁什么的吧？人家捡到你的手机，还大老远地送回来，怎么也得表示一下谢意，要不，也太不懂事了。"

丁铃的大叫吓了我一跳，不过，这个臭丫头，她心里想什么，我全明白，于是顺水推舟答应了。要不，回去后，她会几天都在唠叨这件事。

那个男生却是一直盯着我，像在回忆什么，看得我都不好意思了。

"干吗老看我？"我好奇地问。

"你是俞晏子？连城实验二小的俞晏子？练跆拳道的侠女？"

他认识我？我吓了一跳。于是慢慢抬起头，一脸疑惑地望着他。确实，我也感觉见过他，但怎么也想不起来这个人是谁？

"你们认识？"丁铃感慨的声音里却透着沮丧。

那男生充耳不闻，他自顾自地介绍："我是姜洋呀，记得我吗？我是你的老同桌，当年胖胖的那个男生。"

"姜洋？"我重复一遍，让记忆的轮子飞速转动起来。

"江——洋？还大盗呢？算我多余，果汁不喝啦。"丁铃道。

我没理睬丁铃，她就是这样，受不了冷落，我现在要紧的是想起过去的同桌中，哪一个叫江洋。沉浸在记忆里追寻，连城实验二小，我确实是在那儿念的小学，姜洋？姜胖子？我突然欣喜地叫出来："你是当年的姜胖子呀？哈哈。"

姜洋的脸一下红了，他挠着头，冲我做了个鬼脸，悻悻地说："是我呀，想起了吧？"

我笑，真开心呀，没想到会以这种方式与老同学见面。丁铃却是生气了，她愤愤地说："当我隐形呀？没人搭理我。走吧，我要喝果汁了，一会儿有得聊，别在太阳下晒了，看看，我这雪白的肌肤都黑了。"

我拉起丁铃的手，瞪眼说："好，走吧，一会儿犒劳你，想吃什么随便点，本姑娘今天高兴。"

三

进了"山泉"水吧后，丁铃就喧宾夺主点了很多东西。

这丫头的脾气我懂。见姜洋是我的老同学，她觉得浑身不舒服了，要我放放血。

丁铃喝着西瓜汁，薯条一根接一根塞进嘴里，眼睛却盯着姜洋，边吃边说："帅哥，说说看，你是怎么从当年的小胖子变成大帅哥的？"

我和姜洋相视而笑，我也奇怪，小时候的他好胖，怎么长大后就变好看了呢？都说女大十八变，难道男生也一样？越长越帅？

"我没注意，自然生长的。"姜洋说。

"那你的意思是——天生丽质？"丁铃撇嘴说，一脸的不相信。

姜洋脸红了。我想，他应该是第一次面对女生询问关于长得帅的原因吧？不想他尴尬，我急忙转移话题。

姜洋是我小学三年级之前的同学，就连幼儿园也是一块儿念的。那时的他好胖，班上的同学都叫他"小肥猪"，还喜欢用手去捏他肉嘟嘟的脸。我记得那时的他很内向，不爱说话，被同学欺负了只会哭。

"那时的你好害羞。"我说，倏地想起刚才还在心里骂他嘴贱，"扑哧"笑了。

"笑什么笑？我知道你今天很开心，手机找回来了，还从天上掉下一个帅哥老同桌，那也不必要这样明目张胆嘛，真是往我心里扎针。"丁铃不满地插话，脸上挂满沮丧的表情。

"是呀，以前很害羞，还好那时，你这个练跆拳道的侠女同桌老帮我。"姜洋真诚地望着我，眸光闪动。

说起往事，姜洋的话匣子一下打开了，听着他的话我大吃一惊，那么久远以前的事，他居然都还记得那么清楚。

听着姜洋的话，我的脸慢慢热起来，一片潮红。我有那么好吗？我记得我当时也会骂他，也会嫌弃他笨手笨脚，还爱捏他的脸，觉得很好玩。

"我有那么好吗？"我脸红了。

"你别谦虚，青梅竹马多浪漫呀，从小眼光好，一看就知道别人是好苗子，长大后定成帅哥，所以从那时候就开始培养了。"丁铃酸溜溜地说。

"丁铃！不说话没人当你是哑巴。"我瞪了她一眼，耳根发烫。

听到姜洋深情款款地说起那些我都淡忘了的往事时，心里竟有种莫名的豪迈感。他说话时的样子好感人，哪像班上那些男生，成天叫我男人婆。

"是，晏女侠，我知道我多余，我闭嘴行了吧？不要赶我走哟！"丁铃故意逗乐。

"那时，整个班上，只有你对我最好，这么多年来，我一直记得。我现在还常常画你曾经教我画的向日葵。"姜洋动情地说。

这算是表白吗？我的小心脏不受控制地"怦怦"狂跳起来。第一次有男生这样对我说，他给了我那么多的肯定。那些年少的往事，他居然记得那么清楚，难道他一直一直……我不敢想了，脸上热辣辣的，估计红得像抹了胭脂。

四

那天晚上，我辗转反侧无法入眠。

我努力回忆那些隐约的往事，说真的，我记不全了，如果不是姜洋提起，我不会记得生命中曾经有过这样一个同桌。我所做过的事，应该都是举手之劳，点点滴滴，他却记得那么清晰，仿佛才发生在昨天。

姜洋还给我发了条短信："似水流年中唯一的名字——俞晏子。"

难道姜洋喜欢我？可当年，我们才多大呀？他应该是记得那份同桌的友谊吧。毕竟我们隔了那么多年才见面……

我想着姜洋现在帅气的面孔，实在无法和他当年胖嘟嘟的脸联系在一起。一个男生的蜕变怎么会如此巨大呢？

姜洋说的话依旧回响："只有你对我最好，这么多年来，我一直记得。"

如果这是一句情话，那该是世界上最动听的，在他说时，我的心一片温润。其实，这句话是不是情话又有什么关系呢？这是我听过的，最温暖的一句话。

"小学三年级后，我们家搬到市里，我也转学过去，那时，我还哭闹着不肯转学……人生真玄妙呀，我没想到念念不忘多年的你，居然会以这样的方式再见面，那个手机真是神奇。"

姜洋在水吧时一直感叹我们的相遇，他说缘于手机。一个手机的丢失居然能够再次把我们联系起来。还好，他拾金不昧才有这次的相遇。

如果姜洋现在不是帅哥，我们相遇后，我会辗转反侧吗？我不知道。可是他那么帅，我的心不由自主地就会激动。我虽然总骂丁铃"花痴"，其实我也一样。我知道不该以貌取人，但心的感知骗不了自己……

在我思绪蹁跹时，手机铃声突然响起，吓了我一跳。

一接听，耳边就响起丁铃阴阳怪气的声音："嘚瑟了？肯定失眠了

吧？""丁——铃！"我大声叫起来，"大半夜的干吗打扰我的美梦呀！""对不起啦，晏侠女，你就原谅一下我的心情嘛。"丁铃扮着可怜。

手机都发烫了，丁铃还舍不得挂。她嘀嘀咕咕地在电话那头说个不停，我听着，心花怒放。悄悄话说了大半夜，我困得实在撑不住了，叫她停下，她还意犹未尽地要求再说几句。

第二天去学校，才早上第一节课，我和丁铃竟然就在老班的眼皮底下一起睡着了。老班气急败坏，他用书拍着桌子说："你们两个昨晚上去偷鸡了不成？大清早的居然能够在课堂上睡得那么香？"

老班让我们到走廊罚站。

虽被罚站，但我一点也不难过。站在清晨明媚的阳光下，吹凉爽的晨风，我感觉好惬意。可是一阵后，我窘迫了，恨不得马上挖个地洞钻进去。我注意到前面一幢教学楼，和我们同一层的对面教室，有个男孩正在窗户边探出头来张望。突然就记起，姜洋昨天说了，他和我同校同级，只不过，他在18班，我在1班。我们的教室分属两幢楼，正好遥遥相对，他从窗口就能看见我们班。

我被罚站的事，他看见了？他会不会认为我很差劲呢？会不会嘲笑我？

我转身告诉丁铃时，才发现这家伙站着居然都能睡着。

心里一片悲凉，我的好事还没开始呢，怎么就能这样匆匆落幕？

五

整个上午，我都无精打采，直怪丁铃为什么要打那么久的电话。

"别对我绷脸，看了讨厌。"丁铃放学时看我还患得患失，对我提出抗议。

我懒得理她，都是她，大半夜的，打什么电话，还没完没了，现在好了，出糗了。

"是我错了，晏女侠，大人不记小人过，下次我再也不敢半夜打电话骚扰你了，原谅我这次的无知行为吧？"丁铃装出一副无辜状。

我真没心情和她斗嘴，想打电话给姜洋，但又不知说什么好，总不能主动告诉他，我被罚站了。

在我犹豫不决时，丁铃又说："如果他会为这事，就不认你这个老同桌，那就算了，这样的帅哥我们要不起，毕竟我们那么平凡，连班上那些臭小子都不把我们放在眼里。"

想想丁铃说得有道理，我叹着气不再去想他。可是姜洋居然等在了校门口，看见我后，他远远就大声叫："俞晏子，我在这儿。"惹得很多同学纷纷回过头来看。可能是看见那么帅的男生居然热情洋溢地招呼一个普通的没入人群就无法分辨的女生吧，男生的目光很不屑，而女生的目光却如一只只利箭射向我，让我不好意思回应他。

"我先走啦，不陪你了。"丁铃知趣地和已经走过来的姜洋打声招呼后就离开了。

我羞答答地不知如何是好，一点侠女的风范都没有。

"干吗脸红呀？"姜洋问。听着他关切的语言，我的心又敲起了鼓。

姜洋边走边说，根本不去注意旁人的目光。我走在他身边，看着这个已经比我高出半头的帅气男生，惊觉成长的魔力。如果不是那部手机让我们相逢，我想，就是在同一个校园里擦肩而过，我也不会想到他会是我曾经的同桌。

我一定会好好珍惜再次的相遇，珍惜我们之间的友谊。未来会怎样？谁知道呢？那么遥远的事，我不去想。

"似水流年里唯一的名字——俞晏子。"

我会永远记住这条短信的内容。这是一个男生给过我的最高评价，

无论如何，我都希望自己能够善待身边的每一个人，珍惜生命中每一份缘，或许哪天，他就会给你意外的惊喜，让平凡的你感动，而且彻夜难眠。

载于《学生家长社会·中学时光版》

人生就是这样奇妙，再次相遇是件幸福的事。

歌声里的似水流年

文 / 邢占双

没有音乐，生命是没有价值的。

——尼采

最早关于歌声的记忆要追溯到遥远的童年，那时家里有一台收音机，每天都在那个时间打开收音机，收听儿童节目，"叮叮当，叮叮当，我是小叮当，小喇叭开始广播了"，然后播放一段欢快的乐曲，于是我托腮凝听曹璨叔叔的故事《西游记》。

从小学到初中我都没学过唱歌，因为学校没有音乐老师。只记得有一次我跟二舅学唱《黑三角》主题曲："边疆的泉水清又纯，边疆的歌儿暖人心，清清泉水流不尽，声声赞歌唱亲人。"我天生没有音乐细胞，学得囫囵吞枣，唱得五音不全。但很快这首歌却派上了用场，小学的班主任不教我们了，临别时全班同学推举我说几句话，我红头涨脸地站起来，给老师唱几句歌吧，我只唱了几句，完整的我也唱不下来。同学们热烈地鼓掌，老师夸奖了我，还摸了摸我的头，拍了拍我的肩膀。

读初中时，镇里开运动会，中学的大型团体操表演用的歌是《在希望的田野上》，那阵容庞大，我手持花束，伴着歌声，卖力表演，心情无比豪迈。那段日子乡村的大喇叭也常播放这首歌曲，每当我在乡间放牛或者

田间割草时,听到这首歌时,就会跟着哼哼:"我们的家乡,在希望的田野上,炊烟在新建的住房上飘荡,小河在美丽的村庄流淌……"那时就会感觉天特别蓝,草特别绿,生活无比美好,田野中的我,全身充满了希望的力量。

初中毕业,我报考了师范,校长领着我们五人去考术科,在客车上,校长问我准备唱哪首歌,我一时拿不定主意,半天唱不出来。校长很不高兴地说,这样的话你还报什么师范,这不耽误事吗?我心想,校长大人啊,你不知道啊,我的目标就是能报的全报,考上哪个算哪个,要不然下一年父亲不供我了。校长最后一句一句教我唱《我的祖国》:"一条大河波浪宽,风吹稻花香两岸。"可是那句"听惯了艄公的号子,看惯了船上的白帆"我怎么也唱不上去,惹得全车的人都瞅我,最后只好改唱《小草》。真得感谢当年校长大人对我的真切关怀和悉心指导。

真正考试的时候,只唱了几句,主考官就说,行了,可以了。没想到命运还真把我安排在了师范,入校后,好长一段时间,班里的同学都称呼我为"小草"。

在师范学校三年,是我亲近音乐最多的时间。这里的歌声不断,音乐教室、琴房、寝室,到处都有歌声。我们每周都学一首歌,班里唱歌大王老车、晓敏、雪冰经常登台教唱。老车的嗓门大,歌声嘹亮,音域宽广,他教唱"我们像双翼的神马,奔驰在草原上,啊哈嘿……"他一教到这儿便忍不住笑了,笑得前仰后合,大家也跟着"啊哈嘿",然后哈哈大笑,老车成了这个班级很受欢迎的男生。晓敏和雪冰的歌唱得更美更俏,尤其是她俩在前面教歌那种风情万种的动作,早已吸引了不少男生,她俩成为许多男生暗恋的对象。《黄土高坡》《信天游》《潇洒走一回》《童年》就是跟她们学会的。

有一段时间，在校园里随处可见腰里别着个小录音机的青年，录音机里放着新买的磁带，耳朵上塞着耳机，边走路边摇头晃脑的，自以为非常潇洒时髦，其中这样的青年就有我一个。

每个人的青年时代都是一首忧伤的老歌。那个年代，郑智化的《水手》很对心情，元旦晚会上，我曾和朋友三人同唱《水手》，"苦涩的沙，吹痛脸庞的感觉……"感觉那歌词里有写不尽的忧伤和诉不尽的纷纭心情。那次晚会上还敢于献丑，唱出了自编自谱的歌，歌词是阿登写的，曲是我配的："递给你流泪的心，忘却渐渐远去的我，每天夜里，梦中狂歌，为了理想，我要努力去拼搏。"这首歌赢得了热烈的掌声，同寝的哥们儿回去模仿了好多天，后来还成为同学聚会上的笑谈。那青涩而成长的岁月渐行渐远，一首老歌使尘封已久的往事在心灵的一隅悄然复活。

近些年，越来越喜欢那些久远的老歌，那天在电视上听到阿宝唱出"山丹丹花开红艳艳……"我竟然凑到电视跟前，感动得一塌糊涂，听到腾格尔的草原歌曲，我如醉如痴，热泪盈眶。自己都弄不清自己为何那般动情，可能是这些老歌勾起了我对往事的回忆，对一些过往的人和事的牵挂和惦念。

人到中年，忽然捡拾起曾经的梦想，一个人在寻梦的路上踽踽独行。踏雪而行，按响手机里存的歌曲，汪峰的《怒放的生命》很适合我这些年来的心情，"曾经多少次跌倒在路上，曾经多少次折断过翅膀，如今我已不再感到彷徨，我想要超越这平凡的生活，我想要怒放的生命……"苍凉而广阔的旷野啊，能否留下我一行或深或浅的脚印。转念一想，天空不留痕迹，可是鸟儿已经从此飞过。何必对自己要求过高，只要问心无愧就好了。歌曲又到下一首，是刘和刚的《父亲》，父母渐渐老去，陪伴他们的时间越来越少……我手机里保存的都是我喜欢的歌，虽不多，但也足够听满

这一程的，十里八里的健身行走因歌声而短暂。

其实，每一首歌都记录着走过的一段岁月，每一首歌都镌刻着一代人的记忆。那些歌承载着我们青涩而又多彩的年华，那些歌飞扬着我们澎湃的青春，那些歌流淌着我们似水的流年。

载于《阅读经典》

那些年陪伴我们成长的，不光是那些青春的岁月，还有那些具有特殊意义的流行的歌。那些缓缓流淌的乐曲，成了抚慰心灵最好的药剂。有些歌，渐渐不去听了，可是有些歌，一直留在心里。

那些年，我们一起暗恋过"女特务"

文 / 李良旭

  那些刻在椅子背后的爱情，会不会像水泥上的花朵，开出没有风的，寂寞的森林。

——郭敬明

  "文革"时，我正上中学。那时，人们的文化生活十分单调、乏味，除了几出样板戏，就没有什么文化娱乐生活了，精神上，很是枯燥和压抑。
  那时，学校组织观看了几部描写战争题材的故事片。影片中，那些国民党女特务妖艳、妩媚，莺声燕语地媚态，让我们这些青涩男孩子看得如痴如醉，心里面，有一种想入非非地羡慕和渴望。
  记得那时有一部影片叫《钢铁战士》。影片中，解放军张排长和几个战士被国民党俘虏了。国民党对被俘的解放军战士进行严刑拷打，要他们交出兵工厂的下落。解放军临死不屈，决不叛变。国民党见硬的不行，就来软的。他们派来一个妖艳的国民党女特务，妄图用女色来引诱张排长。
  那女特务戴着船行帽，烫着大波浪，一双眼睛眉目传情，一走路，腰身扭来扭去，说起话来娇滴滴的。她用风情万种的姿态和语言来勾引张排长，可是，张排长一身正气，严词拒绝，还把女特务骂得狗血喷头。无奈，女特务只好灰溜溜地躲开了。

影片中，那个女特务，在我们男孩子心中成为天下最美的女人。我们私下地悄悄地议论着，那女特务长得可真漂亮，那么漂亮的女特务，张排长都不要，可真傻。

班上有一个叫王海的男同学，对那女特务更是想入非非，他在一张纸上写了这么一句话："我长大了，就找一个像女特务一样的女人当老婆。"

这张纸条不知怎么被其他同学看到了，并交给了老师。这下可不得了，老师汇报到教导处，教导处汇报给校长。全校开大会，对王海的丑恶思想和灵魂进行批判，他成了一个肮脏、丑恶的典型。从此，王海走到哪儿，背后都有人在指指戳戳，甚至传来女同学的讪笑声。就连学校门口卖瓜子的几个老太婆都知道这件事，每当王海从她们小摊前走过，几个老太婆就对他指指点点，说他是个小流氓。

王海感到很苦恼，在学校里实在待不下去了，只好退学了。

那天离开教室，走到门口，王海突然回过头来，挥起一只拳头，对着全班同学高声地说了句，我以后一定要找一个像女特务一样的女人当老婆！

那声音震耳欲聋，仿佛是从他心底喷发出来的一种呐喊。同学们看到王海的目光里闪烁着一丝晶莹，内心里，仿佛溢满了痛楚和委屈。说罢，他一转身，坚定地走了。那背影，有一种昂然挺立的孤傲和不甘。

那一刻，全班同学没有发出一丝笑声，仿佛每一个同学心里都被一枚铁锤重重地击打了一下。老师站在讲台上，好长时间没缓过神儿来，过了好一会儿，才听到她轻轻地说了句，我们不要受他的思想影响，现在继续上课。

"王海事件"平息了，但在我们每一个人心中，都有一个女特务形象，这种想念，不仅没有熄灭，反而越发强烈。如果谁有一张女特务的剧照，更是让同学们羡慕不已，他的身边总是聚拢着一些人，偷偷传阅着那女特务的剧照，眼睛里放射出兴奋、贪婪的目光。

《英雄虎胆》中那个女特务阿兰，更是让同学们爱慕不已。阿兰不仅长得漂亮、性感，而且还会跳伦巴，这是我们从来没有见到过的舞蹈。随着音乐的节奏，阿兰的腰肢、臀部扭来扭去，让人看了如痴如醉。

班上有一个女孩子叫晓霞，同学们暗地里都说她像女特务阿兰，每当晓霞从同学们身边走过的时候，男同学各个瞪大了眼睛，目不转睛地盯着她看。有一个叫陈强平的男同学，对长得颇像女特务阿兰的女同学晓霞更是如痴如醉。他说，将来要是找到一个像"女特务"晓霞一样的人当老婆，自己当牛当马都愿意。

这件事，不知怎么被晓霞知道了，她哭着报告了老师，说，同学们在背后都说她长得像女特务阿兰。她边说边抽泣着，好像受了天大的委屈。

老师在班上严肃地警告同学不要乱说，并为晓霞"平反昭雪"，说晓霞长得一点也不像女特务阿兰，她长得像《海岛女民兵》中的海霞，今后谁再说晓霞长得像女特务，一定要叫他在全班做深刻地检查，并通知家长。

自从老师在班上宣布晓霞长得像海霞后，晓霞整个人神气多了，走起路来，胸脯挺得高高的。可是，同学们并不认同，在背后还是悄悄地议论，说她长的确像女特务阿兰。

为了彻底和女特务阿兰的形象告别，晓霞将她那一头乌黑的秀发剪成齐耳短发，还带了一顶黄军帽，这下有了一种英姿飒爽的样子。

陈强平看到晓霞这形象，难过得三天没吃下饭，人也瘦了一大截，整天无精打采的，像个霜打的茄子似的，上课也没了精神。他常常叹息道，我身边好不容易发现了个"女特务"，这下又不见了！

那些年，我们心中都暗恋着一个美丽的女特务，她让我们看到了女性性感、美丽的一面。在那文化生活十分贫乏的年代里，女特务形象，让我们看到了生活中的一丝亮色、一丝明媚、一丝心动。

现在，有时重温当年的老电影，看到影片中女特务形象，想起当年我们青涩年龄里，心中暗恋着这一个个女特务，突然有一种想哭的感觉。

载于《辽宁青年》

在青春萌动的年月，我们也许是老师、家长眼里的坏孩子，也许是异类。可是，那只不过是我们急于想认识这个世界而已。

风吹麦浪香又甜

文 / 木子

　　人一辈子也无法心心相印，他们孤独得只剩下肉体和金钱的交换了。所以，请等待那个对你生命有特殊意义的人。

——张爱玲

一

　　田野里，一片金黄色的麦穗，闪烁着金色的光芒，它们挺直纤细的腰杆，低垂着沉甸甸的脑袋，一阵风吹来，金黄色的麦穗随风荡漾开来，像大海的波浪，此起彼伏。空气中，弥漫着阵阵麦穗的气息。香香的，甜甜的。

　　又到了麦收的季节，趁着学校周末放假，我赶回家，帮母亲收割麦子。

　　远远地，我看见田野里，母亲头上扎着毛巾，弯着腰，正在辛勤地割着麦子。

　　我加快步伐，走到田埂边，正要下地，忽然听到有人高声地喊道："小哥，你也回来啦？"

　　我眼睛一亮，惊喜地笑道："麦香，你也回来帮家里收割麦子呀！"

　　田埂的那一头，一个穿碎花连衣裙的女孩子欢快地向我跑来。田埂旁的麦子轻轻地拂过她的裙裾，闪过一道道金色的光芒，很晃人眼。

　　女孩子跑到我跟前，递过一个刚洗净的黄瓜，说道："小哥，给你，刚摘的，很新鲜呢。"

　　我接过黄瓜，放进嘴里，猛地咬了一口，发出脆生生的响声。我边吃，边望着麦香，只见她红润润的脸庞，有细细的汗珠，许是被太阳晒后，显得越发红润；乌黑的辫梢，沾着几根金黄色的草茎，那件碎花连衣裙穿在身上，紧绷绷的，上面映有一片湿漉漉的汗渍。

　　麦香看到我看她有些发愣的样子，把头一歪，有些俏皮地嗔怪道："怎么啦？有这样看人家女孩子的吗？"

　　我猛然一惊，讪笑道："不，我是想快一学期没见到你了，你长这么高啦，我真的快认不出你了。"

　　麦香抿嘴一笑道："是越长越难看了吧？"

　　不知怎的，我有些心虚地不敢直视她的眼睛，两眼看着远方，说道："不是的，是越长越漂亮了。"

　　麦香听了，一下子笑出声来，好一会儿，她才说道："小哥，你现在变得越来越调皮了。"

　　我听了，脸一下子红了。

　　麦香转而又用有些央求的语气说道："小哥，这次回来，见到你真高兴，我将书本都带回来，我还有不少地方弄不懂，晚上我到你家去，帮我讲讲好吗？"

　　我嗡声嗡地答道："好的！"

　　麦香听了，高兴地又塞给我一根黄瓜，说道："谢谢小哥，我先去忙啦！"说罢，麦香又顺着田埂向来路跑去。

　　窄窄的田埂上，麦香欢快地跑着。一会儿，她跳进田里，帮家人将割好的麦子，一把把地捆扎起来，然后将捆扎起来的麦子堆放在一起。金色的麦田里，麦香的身影时隐时现。阳光像瀑布似的泼洒下来，田野里，一片波光粼粼，麦香的身影，被一片波光笼罩着，像是一道流动的光芒。

不知怎的，看着看着，我仿佛被什么东西击打了一下，心里荡漾出一缕柔软。

二

麦香家住在离我家不远的地方，今年上高一，比我低一年级。小时候，每当到了麦收季节，我们就会在田里捡拾大人收割后掉在田里的麦穗。麦香捡得很仔细，一会儿，就捡到一大把。

为了超过她，我在田里不停地跑来跑去，想多捡点。麦香见了，忍俊不禁地笑道："小哥，看你慌里慌张的，好像谁和你抢似的，给你，我捡的麦穗全给你！"麦香说着，将她手里的一把麦穗递了过来。

麦香的大度，让我脸一下子红了。麦香央求道："小哥，等捡完麦穗，再给讲几个好听的故事，好吗？"

这小丫头鬼机灵呢，她一有机会，就要我讲故事，有时故事讲完了，我就编一些鬼怪故事给她听，她听的花容失色，把耳朵捂起来，可还忍不住叫我继续讲。

看到她欲听不听的样子，我感到很是开心，有种恶作剧的坏笑。每次听完故事，麦香就会从口袋里掏出一把炒花生给我吃。吃着香喷喷花生米，我看到麦香两眼看着我，有一种崇拜的神色。我挺了挺腰板，对麦香说："我肚子里的故事可多啦，你就慢慢听吧，不过，你家花生米炒的真好吃，我就喜欢吃你家炒的花生米。"

"真的呀，那我今后就常常带我娘炒的花生米给你吃。"麦香说着，甜甜地笑了，笑得很明媚，像田野里的麦穗，火红火红的。

我上学了。看着我背着书包从她家门口走过，麦香站在门口，将辫梢咬在嘴里，眼睛里流露出羡慕的神色。我挺了挺胸口，脸上满是骄傲的

神色。

走过一个小山坡,我回过头来,看到麦香还倚在门边看着我。我心里不禁嘀咕道,这小丫头,要到明年才能上学呢,看把她馋的。

放学回家,我坐在门口石碾上做作业,麦香也跑过来看我做作业。她一会儿拿起我的书本放在鼻子下使劲闻,一边说:"这书可真香啊!"

看到她那贪婪的神色,我"扑哧"一下笑出声来,说道:"看你那馋相,别把我书本弄脏了。"

麦香听了,伸了伸舌头,赶紧将书本放到石碾上,然后双手托起腮帮子,聚精会神地看着我做作业。

田野的麦浪随风起伏着,飘来阵阵馨香。香香的,甜甜的。我不经意地抬起头看了看麦香,发现这小丫头眸子又黑又圆,鼻梁高高翘起,嘴唇薄薄的,一丝刘海垂在光洁的脑门上。看着麦香那神情,我心里仿佛被什么东西击打了一下,忍不住地问道:"麦香,你想上学吗?"

麦香说:"想啊,可我岁数还不够,要到明年才能上学,小哥,到时上学,你带上我一道去上学好吗?学校太远了,走山路我还有点怕。"

麦香两眼水汪汪地望着我,那目光里,满是哀求和企盼。看着那目光,我心里一软,挺了挺腰杆,说道:"可以,不过在路上你可要听话,不能乱跑。"

麦香听了,一下子跳了起来,她欢喜地叫道:"小哥,你真好!"说罢,她从口袋里掏出一把炒花生,放到石碾上,说道:"小哥,请你吃炒花生,是我妈才炒的,可香啦!"

田野里,飘来阵阵麦香。香香的,甜甜的。我俩吃着炒花生,空气中,夹着丝丝花生的香喷喷的味道。我看到一根发丝飘到麦香的嘴边,那模样很俏丽,我情不自禁地笑了。

麦香见了,疑惑地问道:"小哥笑什么呢?"

我抬头眺望着层层叠叠的麦浪,用手指了指,说道:"你看那麦浪,多美啊！"

麦香也向远处眺望着，喃喃地说道："是啊，真的很美啊！"

三

转眼，又到了麦浪飘香的季节，麦香上学了。每天早上，我从麦香家门口走过时，麦香已背好书包在门口等我了。

清晨的空气湿漉漉的，麦浪吹拂过来的气息也是湿漉漉的。走在蜿蜒的乡间小路上，麦香的小嘴一刻也不闲着，不停地向我问这问那。她喜欢组词，她将刚学到的字，组成一个个词汇，我惊叹这小丫头想象力这么丰富，有的词汇我还没有想到，她都已经说出来了。有时，我说出一个新词汇，她高兴地仰起脸，说道："小哥，你真聪明！"

我听了，骄傲地挺直了腰杆，说道："我比你早上一年学，当然比你知道得多了。"

麦香听了，眼睛里流露出羡慕的神色。

放学了，麦香早早地来到我班上的外面等着我。看到我从教室里出来，她欢快地跑了过来，伸出手。我伸出手，握着她的小手。我感到她把我的手抓得紧紧的，好像一松手我就会飞了似的。一会儿，我就感到手心里汗渍渍的。

回到家，麦香又坐在我家门前的石碾上开始做作业。空气里，飘来阵阵麦香。麦香做得很认真。有时，她停下来，咬着铅笔头，几根发丝飘到嘴角，在认真思考着。实在想不出，她就会向我央求道："小哥，这道题怎么做啊？"

听到我的回答，她就会腼腆地说道："小哥，你真聪明！"

听到她的夸奖，我把腰板挺了挺，一脸自豪地回答道："那当然啦，我比你高一年级了。"

麦香听了，点了点头，脸上露出崇拜的神色。

渐渐地，麦香上学不再让我拉着她的小手了，她只跟在我身后，距离渐渐拉开了，有时有十几米远。我回过头来，看着她的样子，揶揄地一笑，从心里说出一句：跟屁虫！

不过，每天放学回家后，她还是喜欢到我家门口的石碾上做作业。渐渐地，她问我的问题少了。我用过的书本，她都想借着看看，她爱动脑筋，自学能力很强。

麦香学习很好。每次学期结束，她的考试成绩都很好，她还当上了班上的学习委员。她的一篇散文《风吹麦浪的季节》，还刊登在少年作文杂志上，成为我们这所乡村小学的一大新闻。

麦香对我说，她以后想当一名小学老师，要教孩子写作文，将美丽家乡的山山水水都写出来，让城里的人都来看我们美丽的家乡。

麦香望着乡村的秀丽的景色，眼睛里充满着憧憬的神色。

我听了，定定地看着她，我第一次感到这小丫头变成熟了，她有她的思想和想法了。我心里忽然有些崇拜她了。不过，这一想法，我没有说出口。

麦穗又到了成熟的季节。我俩先后考进县重点中学，县中学离家很远，我们成了住校生。两人不再走在上学、放学的路上，只有每年放暑假、寒假的时候，才能见到面。

屋前的那块石碾上，显得空荡荡的。有时望着屋前的石碾，心里不免有些怅然。恍惚间，我和麦香在石碾上做作业的情景又在眼前浮现，眼前渐渐变得蒙胧起来……

四

风吹着麦浪，一年又一年。转眼，高考结束了，我考取了南方一所重点大学，我成为我们这个小山村第一个考取重点大学的大学生。

我打起行装，走在麦浪翻滚的田埂上，去大学报到。

忽然，我看到麦香正站在田埂的那一头，向我这边张望。看到我走了过来，麦香挥舞着手臂，兴奋地向我跑来。

一会儿，麦香就跑到我的跟前。麦香还是穿着那件碎花连衣裙，或许是因为激动，麦香胸口在剧烈地起伏着，脸庞红润润的。她一把接过我手里的行李，说道："我送你到车站。"

田野里，金黄的麦穗一眼望不到尽头。空气中，夹着麦香的气息。香香的，甜甜的。田埂边的麦穗，不时轻轻拂过我的腿，痒酥酥的。好像麦穗伸出纤细的手臂，要深情地挽留我。

麦香终于打破沉默，说道："到了大学，别忘了给我写信，把你在那边的学习、生活情况告诉我。"

我笑道："还有一年，你也要参加高考了，祝你心想事成！"

麦香眺望着田野里一望无际的麦穗，一丝刘海拂过她的额前，她的目光变得有些深邃。她说："那是我的梦想和向往，梦里多少次，我和你一样，也考上了大学。"

我鼓励道："你学习功底很扎实，一定能考上的。"

麦香忽然兴奋地说道："如果我考上了，将来我还要回到我们这个小山村，我想在这里开办一所民办小学，这里的孩子上学太不方便了，每天上学、放学要走很远的路，还要翻越几个山头。如果在这里能建一所小学，那将会给孩子带来多大的方便啊！"

我听了心里微微一震，不禁抬起头来看着麦香，那一刻，我感到麦香既熟悉又陌生。我脸有些发烫，喃喃地说道："你想得很好，我感到你很了不起，我就没有想到这一点。"

麦香突然问道："你大学毕业后，将来到哪里去呢？"

"将来？"我听了，茫然一笑道："将来还很遥远呢，我只想把学上完，等将来到来，再看命运安排吧！"

麦香听了，脸上闪现出一丝淡淡地忧愁，这忧愁，在她清秀的脸庞

上，显得有一种别样的美丽。

天空中，飞来一行白鹭。它们在麦田上方不停地盘旋着，一会儿，有的白鹭停在麦田里，有的继续飞走了。麦香用手指了指天空中飞过的白鹭，目光中闪过一丝晶莹，她说道："你看那些白鹭，它们飞过这片麦田，有的非常留恋这里，它们留下来了；有的盘旋了一下，然后又向远处飞走了。"

我说："是呀，你观察生活总是这么细致。"

……

一年过去了，又到了风吹麦浪的季节。我收到了麦香给我的来信，麦香说，她也考取了我这所大学，她很快就能见到我了。麦香还说，乡里十分支持她办所民办小学的想法，校址也选好了。大学毕业后，她就回去当老师，让村里适龄儿童都能就近上到学，不再像我们曾经那样翻山越岭地去上学了……

我终于给麦香回了一封信，信中告诉她，我也想好了，大学毕业后，我也要回到我们的小乡村，和她一起，把那所小学办得蒸蒸日上，红红火火的……

载于《阅读》

经过好些事情，我们才会知道这世界上有一个人跟你志趣相投，然后陪你一起做事，该是一件多么幸运的事。

时光柔软

文 / 范泽木

　　流光容易把人抛，红了樱桃，绿了芭蕉。

——蒋捷

　　时光是单行的列车，上了这车，便永不能回头。即使是硬着头皮，也还是得走下去。

　　在刚出发的时间里，我们总是欢欣雀跃，一路欢喜。这大概如我们坐车去春游，途中总是特别激动。

　　时光赐予我们少年的不羁，那时，我们浑身有使不完的劲，在操场上飞奔，在赛场上驰骋，有张扬的个性和挥洒的激情。

　　那是感性大于理性的岁月。我们可以因为梦想而奋不顾身，可以因为一时脑热说收手就收手，也可以因为所谓爱情而哭天喊地。

　　18岁那年，朋友小A借了叔叔的摩托车。我们在宽阔的操场练了一下午后，觉得得心应手，于是载着同学在公路上疾驰。我后座的同学不时惊叫，还吹着响亮的口哨。由于我们的张扬跋扈，我们的第一次骑行以人仰车翻宣告结束。

　　的确，时间确实如此，让我们去欢笑，也让我们去思考，然后我们在时光里慢慢变得胆小。从那之后，我们再也不敢放肆地骑车。

　　前段时间，在闹市看到几位血气方刚的少年，骑着电瓶车横冲直撞。

现在的电瓶车动力够好，载了三四个人还是身轻如燕。看他们摇摇晃晃地绝尘而去，恍然看到多年前的自己。也是这般年纪，也是如此放荡不羁。如今却陡然后怕，殊不知，如果父母看到那时的自己，会担心得怎样。

如今越来越能站在父母的角度去看问题，所以多年前的嗤之以鼻，总能变为现今的不令而行。以前，父母对我三令五申，比如要穿暖，夏天睡觉要盖住肚脐，但我总是我行我素。如今我反而经常给他们打电话，要穿暖，要记得带雨伞。

在时光的河流里，每个人都是石头，慢慢被磨去棱角，渐渐变得温润。有人说这是失去个性，变得中庸。事实上，个性并不是玩世不恭、锋芒毕露，而是内在的执着与张力，是坚毅与坚韧。能被时光轻易带走的，往往不是真个性。

时光让曾经外显的，变成内在的。它慢慢褪下我们的浮华，尘埃落定；让我们变得越来越谦逊，越来越温和，越来越坚韧与执着。

多年前，我写过一篇文章，叫《成长是一个妥协的过程》。但事实上，时光给我们的不是妥协，而是让我们成为越来越好的自己。

载于《语文周报》

时光带给我们什么呢，伤痛、惊喜、失落、收获。其实都无所谓，因为这些都会令自己成长。

在心里种下一首歌

文 / 顾晓蕊

  若是每一个孩子的诗情画意都能得到人们的欣赏鼓励，从而获得健康的成长，那么，世界将成为一个富于诗情画意的世界。

——殷庆功

  那是一个秋天的黄昏，斜阳渐落，红霞染红了天边。我和家人一起吃晚饭，偶一抬头，见窗外冒出两张粉脸。再一看是阿美和小胖，挤眉弄眼地朝我招手，我会意地冲他们点点头。

  妈妈在一旁说道："别着急，多吃点饭。"我心里跟猫挠似的，胡乱扒拉了几口，就站起来说："吃饱了，我要出去玩了。"话音刚落，人已跑远。

  不一会儿，院里的小伙伴陆续聚拢过来。我们开始跳方格、捉迷藏，玩累了，阿美提议说："咱们来开演唱会吧。"大家一致举手赞成，靠墙的一块青石板成了临时舞台。

  阿美清了清嗓子，唱了一首《蜗牛和黄鹂鸟》，清亮的童音传进耳畔，引来我们的阵阵掌声。轮到我上场了，学着歌星的样子先鞠了个躬，然后故作陶醉地唱道："我爱你，塞北的雪……"

  "哈哈哈……"二胖妈不知何时走过来，双手掐腰，笑得花枝乱颤，"这一嗓子号的，吓了我一大跳，简直比哭还难听。"她是位大嗓门的东北女人，边笑边夸张地比画着。我羞得满脸通红，扭身跑回家中，趴在床上抽

泣起来。

那年我10岁，正是敏感而脆弱的年纪，被一句无意的嘲笑，淋湿了心。我将墙上的明星海报撕掉，缺少了歌声的陪伴，感觉生活变得单调了许多。

读高中时，学校举办"庆元旦"文艺会演，老师要求全班同学排练大合唱。回想起难堪的童年往事，我灵机一动，想到个好主意。站在队伍中，跟着低声附和，没想到很快被老师识破了。

"你——站出来，单独唱一遍。"老师用手一指，厉声说道。当时我的脑子一片空白，木木地走到前面。刚唱了几句，老师摆了摆手说道："我看还是算了吧，你就对对口形，千万别唱出声来。"

全班哄堂大笑，笑得乱成一团，难过与羞愤交杂在一起，我恨不得找个地缝钻进去。

我变得愈加孤僻内向，正是从那时起，喜欢上了阅读。我独自坐在花树下，捧着一本书，安静地看着。青春如悠长又寂寥的雨巷，而我，仿佛是那个丁香一样的结着愁怨的姑娘。

刚参加工作那几年，每逢闲暇时，同事们三五成群地闲侃，或去唱歌跳舞。我依旧一杯茶，一本书，静静地打发时间。后来，我尝试着写作，渐渐地，文字不断出现在报刊上。

有一年夏天，我去海滨小城参加笔会，晚饭后，我和美女作家茉莉沿着海边漫步。月光洒在银色的沙滩上，海面上波光潋滟，一切如梦如幻，恍若置身仙境。

茉莉说："这么好的美景，咱们来唱歌吧。"我不好意思地说："我唱歌很难听的。"然后，我跟她讲了因唱歌闹笑话的尴尬往事，她微笑着说："其实，不用太在意的。不管是快乐时光，还是悲伤瞬间，歌声都是最好的陪伴。"

那天晚上，我们并肩坐在沙滩上，轻轻地唱着歌。那些从心底淌出的音符，有一种让人安定的力量，仿佛置身于另一个世界，感到从未有过的轻松和愉悦。

她说："在人生的舞台上，你永远都是自己最好的听众。"我听了，惊住，一时感慨不已。只因别人的几句嘲笑，我的生活被罩上一层阴影，现在回头去看，才发现过去的想法是多么荒唐可笑。

从笔会回来以后，我们偶尔会在网上聊天，她说最近迷上黄梅戏了。我告诉她，我报了个古筝班，闲时写文章、弹古筝。她在那边欢呼道，可以想象，你弹古筝的样子，肯定会很优雅的。

再后来，有一天，我应邀到一所中学做文学讲座。这要放在以前，是想都不敢想的事。

因为在人多的地方讲话，我会脸红紧张，手足无措。可这一回，我鼓起勇气，欣然前往。当台下响起热烈的掌声时，我起身鞠躬致谢。

想起曾经看过的一句话：你学过的每一样东西，你遭受的每一次苦难，都会在你一生中的某个时候派上用场。如此说来，那些嘲笑过你的人，那些忽视过你的人，也是生命中的"另类贵人"。

而今，在月光如水的夜晚，我喜欢听听音乐，喝茶看书。不抱怨，不张扬，像一株植物一样安静地活着。有朋友说，你变得更明媚了，有着动人的芬芳。只有我自己知道，在心里种下一首歌，是件多么美好的事。

载于《新作文·初中生适读》

曾经我们都是孱弱的，就像流浪的小猫，见到陌生的环境，遇到陌生的环境，就害羞得紧张得不行。后来，慢慢有了勇气，有了自信，因为遇到了鼓励自己的人。

千纸鹤的海

文 / 落辕

谁是谁生命中的过客，谁是谁生命的轮转，前世的尘，今世的风，无穷无尽的哀伤的精魂。

我曾想，她是一片海，可我不承想，她究竟是哪片海洋。

——题记

她生在海的边上，别人都叫她海的女儿。清澈如海的双眸，轻柔的长发在海风中飘扬，清秀的脸庞，总挂着如大海般恬静的微笑。

他在海边看到了她折的纸鹤，满满一片沙滩，为金黄装点上五彩的斑点，就像是第一次拿上画笔的小孩将夜空染得斑斓。当然，现在是白天。

她穿着白色的百褶裙，赤脚走在沙滩上，乌黑的头发在海风里随着波浪起伏。他那时是这样形容的——像是大海中的公主。

从此，她在他心里便是一片海，微波荡漾，和风拂面的一片海。他想自己是喜欢上她了，由衷的喜欢。

每天，他都折好两只千纸鹤放在那女孩会出现的沙滩上，用手指在两只千纸鹤的中间写着"我爱你"，外面画上一个大大的桃心，电影式浪漫。但那女孩从未在意这些，甚至有一次从千纸鹤上踩过，然后"呀"一声跳到一旁。

　　直到他捧着一大把千纸鹤站在那桃心里守候，但她依然如什么也没有看见，微笑着从他身旁走过。他垂着头跟上："嗨，送给你。"那女孩闻声转过头，眼神不知看向哪里："什么？"那一刻他才知道原来她是一个盲人，一位什么也看不见的美丽女孩。他暗骂着："老天真不公平。"

　　那天他陪她在海边坐了好久，她对他说，他是她第一个朋友，因为看不见的缘故，所以她从来就是来听听海风。他陪她说了很久的话，但还是将"我爱你"压在了心里。

　　渐渐多的交往使他和她熟悉，渐渐多的了解使她和大海陌生。他没有问她太多，她也没有告诉他太多，似乎两人之间有说不出的芥蒂，有说不出的隐瞒。

　　最终他还是对她说了，那是一天的黄昏，大海变得和沙滩一个颜色，金黄一片，无比浪漫。"对不起"回应他的是冰冷的落日和刺骨的海风。

　　那天的夜很静，他静静地躺在沙滩上望着天空，远处它和大海交汇，泛起的波光也似满天星辰，华美至极。他静静地躺着，直到听到身后窸窸窣窣，那是她的脚步声。他起身，看到仍只穿着那件单薄的百褶裙的她，便脱下自己的外套，披在她身上。她的身体微微一颤，他也感觉到了。"这么晚了怎么又出来了，小心着凉。"他温柔如泉水的声音在她耳旁响起。

　　"我猜你还没走，就来了。"

　　他无声。

　　"想知道原因吗？"

　　"你说吧，我想知道。"

　　"我脑癌晚期，眼睛也是因为这个才看不见的。和你在一起的日子很开心，但我不想拖累你。如果可以的话，能不能别走，陪陪我，我想在死亡之前全是美好。"她眼里涌出一点海水，像星辰般晶莹。

　　他伸手拭去她脸颊那一点蔚蓝色的液体，说："没问题，我一定陪着

你，永远。"他拥她入怀。

当月亮暗下去，她走了，他归去，彼此没有留恋的回头。

而天虽然亮了，她却再也没有出现过。他却天天坐在海边，折下一个个千纸鹤，对它耳语一阵，便放在沙滩边，任海浪将它们带向远方，从未间断。

他说："你可知道，你是我心中的整片海洋？"

载于《青春风》

每个人都有一个深爱的人，有些在一起了，很幸福。而有些，却怎么也不会在一起。爱情就是这样令人黯然神伤，就这样吧！

那年 那人 那些事

文 / 黄志明

世事岂能两全，我们的一生中，得到的同时也总在失去，幸与不幸的区别只在于得失之间孰重孰轻。

——陈奕迅

小学记忆的老先生

他是位老先生，教了很多年书。不过我当时并不喜欢他，因为他教学方式陈旧乏味。但就是这位老先生，让我的小学充满不一样的色彩。

或许是班里大多数男生都较为桀骜不驯，内向的我显得与众不同，自然也得到他的喜爱。依稀能记得小学的时候很受他的偏爱和照顾，于是小学的我过得还算风光。

毕业后有几年了，这么长的时间，多少小学老师都忘记了他们曾经的学生。可是，他还记得我。

但出乎意料的是，他不仅知道我的近况，甚至连我最近考砸了的事也知道得一清二楚！多年来不曾交流，可他却一直从其他人口中关注我的消息，默默地关心着我。

那一刻，我真的被这个曾经不太喜欢的老先生感动了。

渐行渐远的小学同桌

他是我的小学同桌，曾经喜欢欺负我，在我看来"无恶不作"的人，至今再次相遇，却仍然怀念小学同桌时的日子。

遇见他，很是欣喜。他聊起了初一因为旷课要被打手心而退学。后来就去了工厂当学徒，外边开着空调，里面的机房却被隔绝，没有冷气，没有风扇，在里面犹如"洗桑拿"。他刚从西安回来，在那儿做了两个月的生意，他所工作的那个黑市场，还曾被下达了查处令……他还聊到他的朋友，他曾以为那些讲义气的兄弟，友谊应该很牢固，可他们反目成仇，最后分道扬镳……他说了好多好多，让我不断猜想着他与我截然不同的生活。

他的家庭背景造就他与众不同的性格。他有些桀骜不驯，有些狂野。在家里，他是奶奶的心肝宝贝，他害怕他的爸爸。他的工资，会如数交给父亲。或许单亲家庭，让他感受到了父亲的辛苦，他常常会牵挂他的家。

早早离开学校的他，经历过许多我未经历过的事，让我很羡慕。他却说羡慕我能继续留在学校念书。聊着聊着，我们聊了近两小时。他还有好多好多话要对我说，我也好想好想继续听他的故事。这感觉很美妙。虽然我们是两个不同世界的人，但我们的话好多好多。可我不得不因为要赶着上课而匆匆和他道别。

遇见他们，纯属偶然，却勾起我温馨的记忆。如今渐行渐远的人们，不知何时才能再见上一面。也许多年以后，我们还会相遇，那时候的我们，会是什么样的角色？老先生，应该退休了吧；他，或许是成功的商人了吧；而我，应该也可以如愿考上大学，继续我的学业吧！

年年岁岁花相似，岁岁年年人不同。但我希望，岁岁年年同此味，我们依旧不变的是那些记忆……

曾经的那些人那些事，都渐渐离自己越来越远了，可是那份感情，以及那份特殊的记忆却一直深深地留在了心里。

怀念初恋时光

我从乡下的老家回到城里。拂去一身尘土，走进房间。我习惯性首先打开电脑，意外地发现你在我的邮箱里发来了一份电子邮件。我不明白你是怎样获悉我的邮箱地址的。过去我们曾经是朋友，有过那么一段交往，随着世事的演进和岁月的变迁，我们分别已经十多年了。我原以为我们之间再也不会有什么联系了，你和我天各一方，各自过着自己的日子，我们唯一相同的是一起变老。

我永远不会忘记我和你第一次见面的情景。那是一个北风呼啸的季节，在经二路西段那栋楼房的三楼会议室里，许多本来不相识的文学爱好者，接到通知聚到一起来了。你穿着一件白底蓝圆点的棉袄，围着豆沙色的拉毛围巾，当你解下口罩的时候，我看见了一双黑葡萄似的大眼睛。你搓着手，朝着大家笑一笑，就坐到了墙角的凳子上。主持人将你拉到前面来，坐在会议桌旁，向大家介绍说，你叫舒琴，在《延河》杂志和《北方文学》上发表过短篇小说。这些文学的痴迷者们，立刻向你投来敬意的目光。原来，我们同在一个小县，只是互不相识而已。

我知道了你坎坷的身世，你是羊头庙村一名插队知青，由于你表现好，被贫下中农推荐到高崖供销合作社当了营业员。你用写作打发寂寞的时光，在山外已经小有名气。我为认识你这个同人而高兴。那次去宝鸡开会回来不久，你就被调到城关供销社当了副主任，我们有了相互交流的机会和条件。只是我这个人比较愚蠢，许多年没有什么长进。

我一生最不自在的是那次和你一起吃饭。我记得那是一个星期天，我去生产资料公司送电报，也是一个冬季。我在院子与人说话，你打开门出来了，等别人走了，你笑着说，千阳地方斜，端起××来，你没有说全那几个字眼，你知道那是骂人的话。你说正准备去找我，今天休假，咱们一块儿包饺子吃。我愣了一会儿，不知如何回答，你说："你先去送电报，我

去买东西，送完以后你过来。"我推着自行车出去了。我当时拿不定主意，一个单身姑娘和一个单身男子在一块儿吃饭好不好？会不会给她带来什么不利的影响？如果不去，她感到扫兴也不好。最终，我还是去了。我觉得在人家那里去吃饭，空着手也不好意思，就把我姑父拿来的挂面带了五把。你的房子在一间坐北朝南的平房里，是一个长条形的屋子，里面生着蜂窝煤炉子。我是第一次见到这种火炉，火苗从圆孔中直往上蹿，我不知道你是用什么方法将它们点燃的。你的房子里收拾得非常干净和整齐。我坐在凳子上，拘束得手心冒汗，我看着你在屋里忙碌，我发现你包饺子的方法与我母亲大不一样。饺子是羊肉馅的，非常鲜香，我吃了两盘，再也不好意思吃了，就说已经吃饱了。你拿出相册让我看你小时候的照片，还有在农村插队时的合影，我被你那种憨态逗笑了。之后，我坐了一会儿，就离开了。当时，我年龄较小，什么也不懂，其实，也是我不懂你的心。

　　我后来想起早先的事情，便有些后悔和不甘心。也许，我们没有那个缘分。我记得此后不久，你神奇地当上了县革委会副主任，成了全县赫赫有名的县级女性领导。我再次看见你时，你不是坐在主席台上，就是走在游行队伍的前面。你穿着一件黄军衣，扎着两个小辫，脚上穿着一双黄胶鞋，没有穿袜子。这时候的你成了一个公众形象，新闻人物，少女的那种羞涩之美荡然无存了。我在公开的场合躲开你，我对任何人都没有说我们从前认识和交往过。奇怪的是，有一天，父亲从老家来到了县城，他说政工组的一位老同事要给我介绍对象，女方就是舒琴。我尴尬地笑了笑，说："爸，我的事情你不要操心，人家舒琴现在是领导，怎么能和咱这样的小职员成亲呢。"我想我自己是有自知之明的。我来自农村，和城里来的知识青年是不同的，婚姻在某种程度上还是要讲门当户对的。

　　我作为一个旁观者，我对你是非常敏感的。我发现，原来人们议论你的做官之道，到后来猜测你的对象，甚至关心你的个人生活。特别是你已经30多岁了还没有结婚的时候，议论和猜测就更多。那一次，一个熟人结婚，我去恭贺，被安排和你坐在了一桌。当有人笑着问你"什么时候喝你的喜酒"时，我发现你的脸上掠过一丝难堪和痛苦的神情，你借故离开了酒桌到院子去了。那几个人就议论说，其实，你对婚姻的要求不是很高，对方只要人品好就行，可是，别人不这样看。他们说，男人找媳妇是为了在一起生活，互相照顾，而你是领导，一般的男人不敢高攀。他们觉得女人的政治地位过高，对男人的心理上是一种无形的压力，收入高的女人在收入低的丈夫面前趾高气扬，男人就觉得很没有面子。世上的事情就是这样，多少年来形成的习惯和理念就是女人不能比男人强，不能阴盛阳衰。这是你找不到对象的真正原因，也是我不敢有什么非分之想的内在缘故。

我知道你后来调走的真正原因，还是个人婚姻问题。在古城西安，你找到了一个读博士的大龄青年，你请假跟他去美国休斯顿陪读，他和你同居却没有结婚。三年后，你还是跟他分手了。回到国内，你住在咸阳长虹厂你父亲那里，足不出户，这些我都是知道的。因为我有一个亲戚也在那里工作。你父亲的战友在新疆给你介绍了一个副团职干部，他年龄自然大一些，妻子病故了。听说你们结婚后，他的那一大帮儿女对你不好，并不承认你这个继母，他们仇恨你，好像你是冲着他父亲的存款而来的。一个母亲是不能被子女欺侮的，你和丈夫离开乌鲁木齐，来到了西安定居。

我没有想到那一次王龙组织老三界知青返乡探亲你也来了。那时候，我在政府办当主任，我陪着你们来到羊头庙，看到你激动的神情，我不由得流下了热泪。你站在那间就要倒塌的破房子面前，让我给你拍了照片。你走进那个残疾人的家里，把带来的衣物送给他们。你在村头的土桥上拉住老队长粗糙的手，把200元塞进了他的口袋。老队长摸着眼睛说："那些年，让你们受罪了，我脾气不好，经常骂你们……"你说你在农村这6年是一生最难忘怀的日子，艰苦的生活环境让你成熟了，也让你学到了许多书本上学不到的东西。我看得出你对乡亲们的感情那样深厚，那样真挚，我在心里思忖，你到底还是一个好人。

　　我看到刊物上介绍说，你离开了现职岗位，你把多年放弃的文学创作又拿在了手上。经过了几十年的风雨漂泊，你对人生的体验自然会更加深刻，你一定会写出传世之作的，我拭目以待。有人说，文学是遗憾的艺术，作家对自己以前的作品总是有不十分满意的地方。人生也是一样，几十年一个轮回，是一次遗憾的旅行。时光不能倒流，也许，是我自作多情，请你千万不要恨我。我一个普通人，是没有和你在一起的那种造化，那种福分，我只能过我们平民百姓的生活。但是，我这一生引以为豪和安慰的是，有你这样一个境界高雅的好朋友。好在我们把文学作为自己的精神寄托，好在互联网给我们提供了这样放眼世界的平台。我想你一定是在刊物上看到我的文章的同时看到我的邮箱的。我们没有见面已经好多年了，绿水长流不断，岁月催人衰老。孩子们也都大了，各有自己的生活和事业，我们还有什么牵挂呢。我祝福你晚年幸福，每天快乐。我在山区小县和你一起变老，一起回忆过去的美好时光。也许，我们见了面你会认不出我来，大山的风霜已经刷新了我的面容，染白了我的头发，唯一没有改变的是我对生活的那种热爱，对文学的那种执着。我想你不会笑话我的幼稚吧。

　　幸福提醒，使我们警觉起来，没有越过道德的底线，我们的爱情航船沿着正确的人生轨道前行，到达各自幸福的彼岸。岁月的更替，时光的流失，使我们感受到了沧桑的洗礼，我们不再朝朝暮暮，我们的友情依然厚重如常，我们的感情像河水一样纯洁，像春花一样芬芳，友情一直会珍惜在我们的心中，留存到我们离开这个世界为止。

　　祝福吧，朋友！尽管我们没有轰轰烈烈的举动，没有曲折动人的离奇故事，然而，我们拥有真挚的友情和给予对方幸福的祈盼，这就是边缘情感给予我们最好的馈赠。

　　望着镜子里自己苍老的面容，抚摸飘散的白发，怀念过去那种清纯和友善，望着窗外的盆景和光影，我的心里感觉这也是一种幸福。我希望你也在晚霞的余晖里享受人生的恬静和安逸,不被红尘所烦扰。就像唐代诗人段成式《闲中好》词所描绘的那样:"闲中好,尘务不萦心,对坐当窗木,看移三面阴。"

我们一起变老,我们一起享受幸福。

载于《智慧背囊》

  每个人心里都有自己惦念的人,虽然不联系,但是却始终关注着对方的一举一动。偶尔,会特别怀念那段已经流失的岁月。愿世界温柔待你。